KB114829

부검
스페셜리스트

부검 스페셜리스트 1

가프 현대 판타지 소설

초판 1쇄 찍은 날 § 2020년 7월 15일
초판 1쇄 펴낸 날 § 2020년 7월 22일

지은이 § 가프
펴낸이 § 서경석

총괄팀장 § 노종아
편집책임 § 이민지
디자인 § 소소연

펴낸곳 § 도서출판 청어람
등록번호 § 제387-1999-000006호
등록일자 § 1999. 5. 31
어람번호 § 제1-3067호

주소 § 경기도 부천시 부일로 483번길 40 서경B/D 3F (우) 14640
전화 § 032-656-4452 팩스 § 032-656-4453
http://www.chungeoram.com
E-mail § chungeorambook@daum.net

ⓒ 가프, 2019

ISBN 979-11-04-92215-2 04810
ISBN 979-11-04-92151-3 (세트)

가프 현대 판타지 소설

7

청어람

부검
스페셜리스트

MODERN FANTASTIC STORY

목차

제1장

—

기묘한 결투의 종착역Ⅱ

혁대를 받아 든 창하가 실험실로 향했다. 피부와 강도가 비슷한 조건은 이미 준비가 되어 있었다.

촤악촤착!

실험물체에 대고 혁대부터 휘둘렀다.

"선생님."

보조하던 원빈의 눈이 휘둥그레졌다. 그도 감을 잡은 것이다. 그렇게 휘두른 혁대 자국을 시신의 것과 비교한다. 조금 다르지만 같은 형태인 건 분명했다.

강력 팀장을 불러 부탁을 했다. 두 사망자의 시신에 있었을 혁대를 가져와 달라는 거였다. 생각지도 못한 물건을 요청하자 팀장이 바빠졌다.

사망 당시 차고 있던 혁대에 더불어 집에 보관 중이던 혁대까지 죄다 준비하는 경찰이었다. 라텍스 장갑을 끼고 하나하나 살폈다. 시신의 피하출혈 자국과 꼭 맞는 것이 나왔다. 둘 다 그들이 사망 당시에 차고 있던 것들이었다.

"이거 유전자 검출 좀 해달라고 하세요."

창하가 원빈에게 혁대를 넘겼다.

"선생님, 뭐가 어떻게 되고 있는 겁니까?"

팀장은 궁금한 표정이었다.

"아직은 말씀드리기가……."

"혹시… 그 사디즘인지 마조히즘인지 그거?"

"……."

"선생님, 궁금해서 그러는 거 아닙니까?"

"그쪽을 의심하는 건 맞습니다. 하지만 당사자들의 명예가 있으니 아직은 노코멘트입니다."

"그럼 이 둘이 호모면서 마조히스트?"

"팀장님."

"죄송합니다."

창하가 주의를 주자 팀장이 말문을 닫았다. 입조심해야 하는 세상이었다. 농담으로 던진 말도 앞뒤 잘라내면 사람을 매장시키는 시대. 사자(死者)의 일이니 더욱 신중해지는 창하였다.

창하의 메스가 움직였다. 멍 자국을 따라 출혈 반응들이 선명했다. 위액에 독성물질은 없었고 심장 역시 심근경색 등의 손상은 없었다. 두개골 안의 뇌 또한 사망의 원인 따위는 없었다.

"유전자 검사 결과 나왔습니다."

그사이에 원빈이 소식을 가져왔다.

"DNA가 두 개라는데요? 하나는 사망자, 또 한 사람은 여자."

"둘 다요?"

"네, 둘 다요. 여자는 동일인입니다."

"맙소사."

창하가 한숨을 쉬었다. 예상이 적중해 버린 것이다.

"여자 DNA가 나왔다니 두 남자가 호모는 아니었군요?"

"물론이죠."

"사인은 뭡니까?"

"통칭 크러시 증후군요. 조금 다르게 말하자면 횡문근흉해증, 외상성쇼크, 좌멸증후군 등으로 말할 수 있겠네요."

"크러시 증후군? 외상성쇼크?"

"압궤증후군도 비슷한 건데 장시간 동안 무거운 물체에 신체의 일부가 압박받을 때, 혹은 아주 강력한 건 아니지만 외부의 힘이 반복하여 넓은 면적으로 인체에 충격을 줄 때 연조직 사이에서 출혈이 일어나는 경우를 말합니다. 이렇게 되면 저혈액성 쇼크에 빠질 수 있거든요."

"하지만 피는 몇 방울 안 흘린 것 같던데……."

"연조직 사이에 출혈이 일어나면 몸 밖으로 흘리는 출혈과 다를 바가 없습니다. 더구나 외부의 힘이 멈춘 후에도 혈장이 계속 빠져나가기 때문에 위험하죠. 이런 것들은 보통 크러시 증후군이라고 부릅니다."

"그럼 여자가 때렸다는 겁니까?"

"혁대 끝 부분에서 여자의 DNA가 검출된 것으로 보아 그런 것 같습니다."

"어떻게 그런 일이? 두 사람이 사귀는 여자의 알리바이는 확실합니다. 보험설계사인데 내부 교육 중이라 사건 당일에 단 10분도 자리를 비운 적이 없었거든요."

"멍의 색으로 보아 나이 든 사람은 그제, 젊은 사람은 어제 가학을 받았습니다. 어쩌면 즐겼다고 봐야 될 것 같습니다만."

"즐겼다고요?"

"두 시신의 몸에 난 상처와 피하출혈이 경쟁이라도 하듯 비슷한 부위들입니다. 이들 입장에서는 성감대라고 해야 하나요."

"선생님."

"하루의 차이를 두고 두 남자가 한 여자를 만났습니다. 어떤 일이 일어났는지는 여자분이 알고 있지 않을까요?"

"그럼 여자가 두 사람의 살인범이라는 겁니까?"

"성향부터 파악하셔야 할 것 같습니다. 만약 여자가 사디스트이고 남자들이 마조히스트였다면……."

"그럼 법 적용이 곤란해지는데요. 그렇게 되면 서로가 원해서 한 일 아닙니까?"

"사망의 원인은 외상성 쇼크사로 나갑니다. 그러나 사망의 종류는 경찰이 좀 더 수고를 하셔야겠네요. 살해의 의도가 있었는지, 한 사람은 이틀이 지났고, 또 한 사람은 하루가 지난 일이니……."

"허어, 이런 일도 있는 겁니까?"

"사디스트와 마조히스트가 만났다면, 좋은 면으로 보면 천생연분입니다. 그렇지 않은 사람이라면 결혼생활이나 연애를 할 수 없겠죠. 사디스트는 상대에게 모욕이나 고통을 주려 하고 마조히스트는 반대로 상대의 가학을 기대합니다. 그러니……."

"허얼."

"사디스트의 경우에는 그런 성향이 극단에 이르러 통제가 어려워지면 이성을 살해하면서 오르가즘을 느끼기도 합니다. 어쩌면 그런 과정까지 갔을 수도 있습니다."

"제정신이 아니로군요."

"영국에는 이런 남자들을 위한 공창도 있다고 하더군요. 거기서 일하는 직업여성들을 인스트럭터라고 하고요."

"맞으려고 생돈을 들고 찾아간다?"

"세 사람의 관계를 잘 살펴주시기 바랍니다. 부검은 여기서 종료하겠습니다."

창하가 마무리를 선언했다.

"그러니까 쾌락을 위해 맞아 죽은 거네요?"

팀장이 돌아가자 원빈이 몸서리를 쳤다.

"사망의 경위는 그런 것 같은데 속사정은 알 수 없죠."

창하가 답했다.

"그래도 치정에 얽힌 사고가 아닐까요?"

광배가 의견을 밝혔다.

"어쩌면 젊은 남자의 복수였을지도 모르죠. 집으로 찾아간 걸로 봐서는……."

"하지만 집 안 분위기는 별문제가 없었다고 하잖아?"

"누가 압니까? 어차피 멍투성이인데 몇 대 더 때렸으면……."

"이 선생님 부검 보고도 그런 소리야?"

"아차."

원빈이 입을 막았다. 흥분하다 보니 소설 속으로 들어간 것이다.

"조금만 기다려 보세요. 치흔에 할퀸 자국들. 거기다 남자들 혁대에서 여자 DNA까지 나왔으니 여자 쪽이 입을 열게 될 겁니다."

창하는 샤워를 마치고 부검 정리에 들어갔다. 정리가 끝나갈 즈음 원빈이 결재를 받으러 들어왔다. 그때 강력 팀장의 전화가 걸려왔다.

―선생님, 봉 팀장입니다.

"아, 팀장님."

―그 사디스트, 마조히스트들 말입니다. 여자가 고백을 했습니다.

목소리가 빨라진 팀장, 단숨에 설명을 이어갔다.

"그랬군요."

―허, 참. 별별 인간들이 다 있네요.

"여자는 어떻게 되나요?"

―글쎄요, 저도 이런 경우는 처음이라 법리 검토 좀 해봐야겠어요. 살인이 성립이 되는 건지 아닌지…….

"고생 많으셨습니다."

―선생님도요. 이번에도 고맙습니다.

팀장의 목소리가 멀어졌다.

"어떻게 된 거랍니까?"

원빈이 귀를 쫑긋 세웠다.

"그게… 일종의 정력 결투였다네요."

창하가 머쓱하게 웃었다.

"정력 결투요?"

원빈이 울상을 짓는다.

38세의 청춘과 53세의 중년 남자. 예상대로 둘은 마조히스트였다. 38세부터 보자면 그는 미혼이었다. 원래는 결혼을 약속한 여자가 둘이나 있었다. 연애도 하고 섹스도 했다. 그러나 일반적인 관계로는 도무지 만족이 되지 않았다. 관계가 진전되면 조금씩 커밍아웃을 했다.

"나 좀 어떻게 해줘봐."
"마구 다뤄줘. 욕하고 때리고 깨물고……."

파트너에게 애원을 한다. 그러나 일반적인 여자들의 가학은
한계가 있었다. 기껏해야 이 자식아, 이 새끼야 하는 욕설에
얼굴이나 몇 대 건드리는 수준이었다.

"더는 못 하겠어."

그 이상의 요구를 하면 여자들이 나자빠졌다. 결론은 이별
이었다. 그렇게 두 여자와 헤어진 젊은 남자, 하늘이 내린 인
연을 만났다. 보험설계사였다. 여자의 나이는 32살. 보험 때문
에 만나면서 불이 붙었다. 처음부터 다이너마이트의 폭발이었
다. 시작과 함께 여자가 남자를 깨물어 버린 것이다.

"좋아, 더 더."

남자가 자극하니 여자는 KTX처럼 폭주했다. 남자는 거의
응급실행에 가까웠지만 아픔만큼 행복했다. 여자 역시 다르
지 않았다. 그녀는 사디스트였다. 남자를 만나면 폭력적으로

변하는 성향이 있었다. 그렇기에 첫 연애에서 쓴 물을 마셨던 것. 그 후로 남자를 멀리하다 제대로 된 짝을 만난 것이다.

"짚신도 짝이 있기는 있구나."

두 남녀는 훨훨 타올랐다.

그 연애 전선에 마가 끼기 시작했다. 여자는 보험설계사. 수많은 사람을 만난다. 그중 하나가 바로 53세의 중년 남자였다. 보험 가입을 권하면서 오고 간 농담 같은 몇 마디가 발단이었다.

"나도 그런데."

"엥? 진짜요?"

세 개의 보험에 들어주면서 만나게 된 저녁 시간, 우연한 관계가 이루어졌다. 그날, 여자는 오르가즘의 진리를 알았다. 중년 남자 역시 지상의 모든 스트레스를 풀었다. 이 남자는 두 번 이혼의 경력을 가지고 있었다. 그 또한 여자들이 떨어져 나간 것이다. 사람을 때리고 가학하는 것, 아무나 하는 일이 아니었다.

지상 최고의 파트너라고 생각한 두 사람, 나이를 뛰어넘어 결혼 약속을 하기에 이르렀다.

여자가 젊은 남자에게 이별을 통보했다. 젊은 남자에게는 뼈를 치는 절망이었다. 지상에 여자는 많지만 마조히스트 남자와 사디스트 여자가 만나기란 쉽지 않았다. 여자의 변심이 다른 마조히스트에게 비롯됨을 안 젊은 남자, 여자의 뒤를 밟았다.

몰래 엿보는 관계조차 용호상박의 재현이었다. 격투인지 전쟁인지 모를 두 남녀의 괴이한 결합. 보는 것만으로도 질투의 화신이 된 남자가 중년 남자와 독대를 하게 되었다.

"포기해. 내 여자야."
"누구 마음대로."

두 사람은 접점을 찾지 못했다. 결국 여자를 앉혀놓고 80년대의 방식을 취하게 되었다.

"둘 중 하나를 선택해."

여자에게 선택권을 주었다. 중년 남자가 나이순을 원하니 그에 따랐다. 중년 남자가 지상 최대의 가학을 요청했으니 여자는 지상 최강의 사디스트가 되었다. 원래도 가학이 좋았던 이 남자들. 경쟁까지 붙었으니 극한의 가학으로 치달은 것이다.

그래서 남자의 멍이 하루 앞서게 되었다.

다음 날 출전한 젊은 남자 역시 최상의 주문을 던졌다. 가해의 교성과 가학의 비명이 쾌락으로 비벼졌다. 젊은 남자의 멍이 더 신선했던 이유였다.

"더, 더, 더."
"죽어, 이 새끼야. 죽어."

맞아야 생기는 오르가즘과 괴롭혀야 생기는 오르가즘의 만남. 그렇잖아도 서서히 쌓였던 피하출혈이 한계에 이른 것이다.

두 남자는 이미 목숨이 위태로웠다. 젊은 남자가 중년을 찾아간 건 그래도 젊기 때문이었다. 자신이 비실거리면 여자를 뺏길 것 같아 참고 움직였던 것. 그러나 광범위한 미오글로빈의 붕괴로 유발된 급성신부전은 가오 따위로 극복할 수 있는 게 아니었다.

"후와, 신랄하네요."

창하 설명을 들은 원빈이 입을 쩌억 벌렸다. 여기는 국과수. 수많은 주검의 사연이 펼쳐지는 곳. 팔십 노인이 이십 대 여자 위에서 복상사를 한 부검도 있었고 하룻밤에 아홉 번의 게임을 뛰고 심장마비로 죽은 시신도 실려 왔었다. 하지만 이런 일은…….

"그럼 여자는 어떻게 되는 건가요? 남자들이 원해서 한 일이면 살인은 아닌 것 같은데?"

"내 생각도 그래요. 그렇다고 해도 여자에게는 엄청난 충격
이겠지만……."

"그렇네요. 남자 둘을 한꺼번에… 아, 그런 사랑이라니……."

"왜요? 한번 해보고 싶어요?"

"아, 아뇨. 저는 워낙 맷집이 약해서리……."

원빈이 정색을 하고 나갔다.

사랑은 다양하다. 주검의 이유와 방법도 다양하다. 창하가
부검 결과서 앞에 앉았다.

「살인」, 「사고사」

두 단어 중의 하나를 골라야 했다. 사실은 사고사 앞에 단
어 하나를 더 붙이고 싶었다.

「정력 결투 중의 사고사」

제2장

—

마지막 외출

"다 왔습니다."

저녁 시간 권우재가 달리던 차를 세웠다. 관악산에 인접한 약선 요리집이었다.

"약선 요리?"

조수석에서 내린 피경철이 간판을 바라보았다.

"옛날에 대령숙수하던 분의 DNA를 받은 분이 하는 곳이라는데 맛도 좋고 건강에도 좋다더군요."

"그럼 비쌀 텐데?"

"에이, 소장님. 지금 돈이 문제입니까? 이 선생, 들어가자고."

권우재가 피경철과 창하를 밀었다.

드륵!

문이 열리자 창하와 피경철이 동시에 놀랐다. 그 안에 앉아 있는 한 사람, 소예나였다.

"어서 오세요."

그녀가 일어나 창하 일행을 맞았다.

"소 선생."

피경철이 어리둥절한 표정을 짓는다. 뜻밖의 상황이 전개된 것이다.

"실은 소 선생이 여기를 예약해 주었습니다. 오늘 술 한잔할 것 같다고 했더니 자기가 쏘게 해달라고 부탁을 하길래……."

권우재가 자수를 해왔다.

"오늘이 무슨 날이야?"

피경철이 물었다.

"날은요, 어서들 앉으세요."

그녀가 소장과 창하를 주저앉혔다.

"실은 소장님, 과장님, 승진 축하도 제대로 못 해드렸고… 우리 이 선생에게 빚진 것도 많고요. 해서 뒷북이지만 한번 모시려던 차였어요."

"축하는 무슨……."

피경철이 멋쩍은 표정을 지었다.

"이 선생, 여기 마음에 들어?"

그녀의 시선이 창하에게 건너왔다.

"좋기는 한데 소장님이 비쌀 것 같다고……."

"여기 사장님이 내 동기 어머니셔. 안 그래도 언제 한번 오라고 난리셨으니 마음대로 먹어도 돼."

"그럼 고맙게 먹겠습니다."

창하가 답했다. 작심하고 잡은 자리다. 이러쿵저러쿵 하느니 잘 먹어주는 게 좋을 것 같았다. 벽면에 붙은 요리는 죄다 궁중 요리와 약선 요리 계열이었다. 대령숙수 복장의 요리사 사진과 상장도 셀 수 없이 많았다.

요리는 흑임자죽에 칠향계, 설야멱, 골동반, 화면 등이 들어왔다. 창하로서도 난생처음 보는 산해진미들이었다.

"어이쿠, 이거 어디 황송해서 먹겠나?"

피경철이 어쩔 줄을 모른다.

"저도 그런데요? 꼭 수랏상을 받은 기분입니다."

창하도 장단을 맞춰놓았다.

"대통령 취임식까지 다녀온 분들이 왜 그러세요? 그런 날 이 정도는 먹어주셔야지."

소예나가 요리를 권한다. 건강을 생각해 국산 약재가 첨가되었다는 궁중 요리들. 보기만 좋은 게 아니라 맛도 좋았다.

"어우, 취임식 못 간 저도 덩달아 성은을 입는 기분인데요?"

권우재도 흔쾌한 표정을 지었다.

"말이 났으니 말이지 오늘 우리 이 선생, 청와대에 불려가 각국 정상들까지 만나고 왔다네."

"예?"

피경철이 밝히자 권우재와 소예나가 토끼 눈이 되었다.

"새 대통령께서 이 선생 덕분에 법과학에 대해 관심이 많으시지 않나? CT가 없는 지역에 CT도 놔주고 좀 더 큰 그림도 그려보시려는 모양이야."

"큰 그림이라면?"

"민간 법과학공사 말이야."

"어머."

"사실 국과수 체제로 인재들 영입하는 데는 한계가 있지. 공무원 봉급 체제에서는 의사들 유입이 요원해. 하지만 민간 법과학공사라면 얘기가 다르지. 민간병원급이거나 그 이상의 대우로 인재들 끌어들이면 그동안 다져진 초석 위에서 금세 자리 잡게 될 거야. 게다가 국민들 수준이 높아져서 법과학에 대한 개별 수요도 따라올 만한 수준이고."

"하긴, 이제는 슬슬 공론화가 될 만한 수준이 되기는 했지요."

권우재도 공감을 표했다.

"아무튼 이 선생이 우리 국과수의 보물이야. 아, 막말로 우리 부검의들이 부검으로 이렇게 주목받은 적이 있었나? 그런데 소 선생까지 나서서 분위기 밝혀주니 정말 흐뭇하네."

"소장님은……."

피경철의 격려에 소예나가 얼굴을 붉힌다. 그동안 물에 뜬 기름처럼 지냈다는 걸 그녀도 아는 눈치였다.

"기왕에 이런 자리가 만들어졌으니 말인데 나도 뭐 속은 그리 편치 않았어. 능력도 없는 게 소장 자리 꿰차서 괜한 눈총받는 것도 같았고."

"소장님."

"아무튼 소 선생, 고마워."

"그 인사는 이 선생에게 해야 하는 거 아닌가요? 결국 다 이 선생 덕분에 일어나고 매듭지어지는 일들이잖아요?"

"그런가?"

"이 선생, 나도 말 난 김에 말인데 언제 방송 출연 좀 같이 해줘. 내가 우리 피디에게 백설공주 북톱시 얘기했더니 침을 줄줄 흘리더라고. 한번 모시고 싶다고 말이야."

"그것도 좋지. 부검이라고 음지에서 웅크릴 필요는 없어. 우리가 뭐 죽을죄를 짓고 있는 것도 아니지 않나?"

피경철이 소예나를 지지해 주었다.

"그럼 언제 기회 되면 한번 물어가겠습니다."

창하가 수락 의사를 밝혔다.

"야, 분위기 죽이네. 사장님, 여기 국화약주 한 병 더 주세요."

권오재가 문을 향해 술병을 흔들었다.

"아유, 네 분이 어쩜 그렇게 보기가 좋아요?"

60대 후반의 여사장이 술을 가지고 들어왔다.

"어머니 덕분에 좋은 시간 보내고 있어요. 오랜만에 와서 그런지 요리가 정말 기막히네요."

소예나가 웃었다.

"이게 다 우리 오라버니가 일군 거잖아. 나는 그 후광을 받는 것뿐이고."

"아, 방 숙수님요? 오늘은 안 계세요?"

"여기 안 나온 지 오래됐어."

대답하는 여사장의 얼굴에 그늘이 서린다.

"얼마 전부터 치매가 와서……."

"어머. 죄송해요."

소예나가 입을 다물었다. 호환마마보다 더 무섭다는 치매. 생기 넘치던 열정의 요리사도 피해 가지 못한 모양이었다.

"나이 먹으면 피할 수 있나? 더 필요한 거 없어?"

"없어요. 너무 먹어서 배 나온 것 좀 보세요."

"정과하고 차 좀 내줄게. 천천히들 먹다 가요."

여주인이 인사와 함께 물러났다. 무화과 정과가 들어오고 왕들의 차 제호탕이 나왔다. 그걸 마시고 나오니 밤이 깊었다. 대통령 취임식의 날은 정말이지 왕의 하루처럼 저물었다.

다음 날 아침, 형 창길과 통화를 마치고 출근한 창하가 주차장에 도착하니 소예나가 서성이는 게 보였다.

"누구 기다리세요?"

차에서 내린 창하가 물었다.

"이 선생."

그녀가 종종걸음으로 다가왔다.

"어디 불편하세요?"

창하가 물었다. 그녀의 얼굴이 너무 창백해 보였다.

"그게 아니고… 아유, 이걸 어쩌지."

"천천히 말씀해 보세요."

"어제 갔던 약선 요릿집 있잖아?"

"네."

"거기 사장님 오빠께서……."

거기까지 말한 소예나의 목이 메었다. 뒷말은 하지 않아도 알 것 같았다. 사망한 것이다.

"치매에 걸린 채 이틀 전에 집을 나가는 바람에 가족들이 찾고 있었대. 그런데 어젯밤에 동네 야산 개울에서 시신으로 발견이 되었다네. 목뼈가 부러진 채로……."

소예나가 힘겹게 뒷말을 잇는다.

"……."

"지금 부검하려고 여기로 오고 있다는데 이 선생 배정이 야."

"그래요."

"어머, 저기 방 사장님 오시네."

소예나가 앞을 가리켰다. 차에서 약선 요리 여사장이 내리고 있었다. 그 뒤로는 오빠의 외아들 부부도 보였다.

"사장님."

소예나가 달려가 위로를 전했다. 창하 역시 조의를 표했다.

"우리 이 선생이 부검을 맡게 되었어요."

소예나가 말했다.

"잘 부탁해요."

여사장이 다가와 창하 손을 잡았다. 그 뒤로 경찰차가 들어왔다. 대령숙수의 후손이라는 분의 시신이 온 것이다.

"들어가시죠."

외아들에게 대기실을 알려주었다. 그런 다음 부랴부랴 부검복을 갈아입었다. 사건을 담당한 경찰의 설명이 시작되었다.

"실종 신고를 받고 이틀 동안 대대적인 수색을 했는데 이런데를 배회했을 줄은 꿈에도 몰랐네요."

경찰이 현장 사진을 꺼내놓았다. 새 도로가 난 산길이었다. 도로에서 경사가 심해 사람은 접근하지 않는다. 그런데 치매에 걸린 노인이 왜 이런 곳을 간 걸까?

"혹시?"

경찰이 외아들을 돌아본다.

"저도 모릅니다. 아, 대체 그런 데를 왜 가셔가지고……."

아들도 난감할 뿐이다.

"현장에서 보니 교통사고는 아니었습니다. 하지만 신발 한짝이 도로가에 있는 것으로 보아 도로를 건너가려던 참이거나 도로에서 건너온 것 같기도 하고……."

"그러게 나가지 마시라니까. 잠깐 한눈파는 사이에 나가서서……."

외아들의 한숨이 깊어진다.

"보다시피 발견 장소는 산길이고 차량 통행도 드문 길이라 CCTV 같은 것은 없습니다. 목격자도 없더군요."

"다른 상처는요?"

창하가 경찰에게 물었다.

"목뼈가 부러졌는데 폭행 흔적은 없습니다. 전신 타박상으로 보아 이 경사면에서 구른 것으로 보입니다."

'목뼈…….'

창하의 시선이 사진으로 향했다. 경사면에서 굴러 작은 개울로 처박혔다. 금방 죽지는 않았을 것이다. 그러나 늙은 노인. 소리 지를 여력도 없었다. 그저 숨이 멈추기를 기다릴 뿐.

그런데…….

사진 속의 노인은 웃는 얼굴이었다. 혹시나 싶어 다시 보아도 마찬가지였다. 고통에 일그러진 게 아니라 뭔가를 해냈다는 개운한 만족감. 그런 표정이 엿보였다.

"들어가시죠."

설명은 그쯤 듣고 일어섰다. 경찰도 아들도 알 리 없는 치매 노인의 주검. 그의 시신에서 알아내야 할 시간이었다.

딸깍!

부검실의 불은 창하가 직접 껐다. 어제 먹은 맛난 약선 요리를 개발한 요리사. 그러나 오늘은 싸늘한 시신으로 누운 부검대. 새옹지마라는 말이 신랄한 순간이었다.

어스름 속에서 시신을 바라보았다. 그의 옷은 집에서 입던 대로였다. 외출을 목적한 건 아니라는 뜻. 그런데 왜 그렇게 멀리 갔을까?

한편으로는 애달픈 생각도 들었다. 약선 요리집에 빼곡하던 요리 목록과 상장들. 그걸 연구하고 개발하려면 손과 혀, 머리가 남달라야 했다. 그런 사람이었지만 지금은, 집을 나서면 길을 잃는 것이다.

치매가 원수였다.

어쩌면 잠시 바람을 쏘이러 나간 걸까? 그것도 아니면 바람 소리가 자신을 부르는 줄 알고 따라나선 것일까? 원빈을 도와 옷을 벗겼다. 목에서 뭔가가 나왔다. 젊은 날, 그가 꼭 한 번 취직했다는 식품 회사의 사원증 목걸이였다.

"이걸 차고 나갔더군요."

경찰의 부연이 뒤따랐다.

"……."

하나가 아니었다. 두 개로 포개진 사원증에는 먼저 죽은 아내의 것도 있었다. 두 사람은 사내 커플이었다. 그러나 그 회사는 사내 커플을 좋아하지 않았다. 누가 그만둘까 생각하다가 같이 그만둬 버렸다. 마침 건강식품 개발을 담당하던 노인, 제대로 된 건강 요리를 만들고 싶었던 것이다.

"이걸 또 찾아내셨네?"

외아들이 중얼거렸다. 그의 말에 의하면 노인은 이따금 옛날 물건들을 꺼내본다고 했다. 그때마다 방을 어질러 치워 버리기를 수십 번. 그럼에도 결국 또 찾아내고야 마는 노인이었다.

CT 검사가 올라왔다. 목뼈의 골절이 선명했다. 그걸 참고하고 외표검사에 들어갔다. 행동이 느린 치매 노인이니 심하게 구르지는 않았다. 얼굴과 손의 작은 상처 외에는 특별한 문제가 없었다.

드디어 메스가 들어간다. 피하조직 안에서 갈라지는 지방세포들이 보였다. 뇌도 열었다. 상측의 머리덮개뼈를 들어 올리자 흰색의 경막이 드러났다. 경막을 걷어내니 비로소 뇌가 나왔다. 치매 환자의 뇌는 가볍고 작다. 치매에 걸리면 뇌가 수축하기 때문이다.

치매에 걸리면 보통 폐렴으로 죽는다. 뇌가 수축하면 몸의 운동기능이 떨어진다. 그러다 보면 음식물이 기관지나 폐로 들어가게 되는 경우가 많다. 뇌가 수축하기 시작하면 감정의 기복이 심해지고 운동기능도 퇴화된다. 그때가 되면 자기의 의지로 움직이기 힘들다.

아직은 최악의 수축은 아닌 상황. 그러나 얼마 더 지나면 거동이 불편해질 타임이었다.

"……!"

기분이 묘해졌다. 이 치매 요리사는 알고 있었을까? 자신이 이제 곧 움직일 수 없다는 것을? 그래서 마지막 산책이라도 나갔던 걸까? 연애 시절의 아내 사진을 목에 걸고?

후우.

숨을 고르고 다음 과정을 진행해 나갔다.

사인은 동사였다.

저체온으로 죽은 것이다.

그건 심장에서 흘러나오는 혈액과 심장으로 돌아가는 혈액 컬러의 차이로 알 수 있다. 심장을 자르니 좌우의 혈색이 완전히 달랐다. 좌측의 혈액이 더 맑은 적색을 띤다. 동사한 사람에게서 보이는 특징적인 소견이었다.

두 곳의 피를 작은 플라스크에 담아보면 확연하게 구분이 된다. 헤모글로빈은 온도가 낮을수록 산소와의 결합력이 높아진다. 그렇기에 체온 저하로 사망하면 동맥혈이 맑은 선홍색이 되는 것이다.

대동맥 체크도 빼놓지 않았다. 대동맥은 대롱처럼 보인다. 나이가 있으니 동맥경화 소견이 보였고 석회화도 엿보였다. 가위로 커팅하자 살얼음 깨지는 소리가 났다.

아드득.

이런 동맥은 신축성이 제로다.

"사망의 원인 저체온 동사, 사망의 종류 사고사입니다."

창하가 사인을 밝혔다.

"아, 이렇게 돌아가실 줄 알았으면 요양원에 보내는 건데……"

외아들이 탄식을 토했다. 치매 환자를 집에서 돌보는 건 쉬

운 일이 아니다. 아들 입장에서는 안타까운 일이겠지만 그를
원망할 사람은 아무도 없었다.

장기를 제자리에 넣고 봉합을 했다. 그가 개발한 맛난 요리
를 먹었으니 정성을 다한 마무리였다.

"아휴."

밖으로 나오자 여사장이 애통함을 삼켰다. 오빠와 함께 요
릿집을 키워온 동생. 요리사의 아들보다도 각별한 심정일 수
밖에 없었다.

"괜찮아요. 좋은 데로 가셨을 겁니다."

외아들이 고모를 위로한다.

"차에 치여 죽은 건 아니죠?"

여사장이 창하에게 물었다.

"네. 체온이 떨어져서……."

피치 못할 거짓말을 하게 되는 창하.

"그래도 편안하게 가셨을 거예요. 이걸 목에 걸고 계셨다네
요."

외아들이 사원증 두 개를 내밀었다.

"……?"

사원증을 받아 든 여사장이 입술을 깨문다. 사진 속의 오
빠는 20대 중반의 나이다. 같이 늙어가는 처지의 여사장이었
으니 눌러둔 감정이 북받칠 수밖에 없었다.

"이거?"

울먹이던 여사장, 뭔가 생각이라도 난 듯 발딱 고개를 들었
다.

"가만, 너희 아버지가 어디서 발견되었다고?"

"새로 난 도로 근처의 개울에서요."

"새로 난 도로면 그 너머로 한 30분 가면 율산식품이 있던
자리?"

"아마 그렇겠지?"

"악!"

외아들이 답하기 무섭게 여사장이 비명을 질렀다.

"고모, 왜 그러세요?"

"아이고, 아이고, 우리 오라버니, 이제 보니… 아이고……."

여사장은 결국 대성통곡을 하며 무너졌다.

*　　　　*　　　　*

"좀 괜찮으세요?"

사무실 안에서 창하가 물었다. 느닷없이 쓰러지니 창하 방
으로 옮겼다. 응급상황인 데다 소예나와도 인연이 있는 사람.
창하의 빠른 대처 덕분에 여사장은 이내 정신이 돌아왔다.

"방 사장님."

소식을 들은 소예나가 달려왔다.

"아유, 미안해요."

여사장은 어쩔 줄을 몰랐다.

"오죽하시겠어요. 약선 요리 개척하면서 쌓인 오누이 정이 보통이 아니셨을 텐데……."

"아유, 우리 오라버니……."

여사장은 다시 눈물을 떨군다. 옆에 선 외아들이 손수건을 건네지만 받지 않는다.

"아까 뭐라고 했느냐? 집에나 계시지 그새 나가서 이 난리라고?"

여사장의 시선이 외아들을 겨누었다. 매운 눈길이었다.

"그건……."

"그래. 네 아버지가 왜 나갔다고 생각하느냐?"

여사장의 목소리가 외아들을 닦아세웠다.

"고모님……."

"네 아버지… 일없이 나간 게 아니다. 몸이 더 나빠져 움직일 수 없는 날이 오기 전에 네 어머니와의 추억을 만나러 가신 거야."

"예?"

"그 도로 너머에 율산식품이 있지 않았느냐? 지금은 이전하고 없지만 꽃다방은 아직 남았고."

"……?"

"거기 가봐라. 내 말이 맞을 거다. 네 아버지, 분명 그 꽃다방 근처를 헤매다 오셨을 거야."

"고모님."

"네 엄마에게 사랑을 고백한 다방이다. 그때 고백이 받아들여지자 네 아버지가 얼마나 좋아한 줄 모르지? 세상이 자기 품에 들어왔다고. 이제 밥 안 먹어도 배고프지 않다고 춤을 추었어."

"그건 너무 오버 아니신가요? 아버지는 치매십니다. 집을 나갔다가 그냥 길을 잃으신 거라고요."

"이런 나쁜 놈. 네 눈엔 네 아버지의 치매만 보이느냐? 인생의 황혼기에 찾아온 병마 속에서 마지막으로 자신의 삶을 돌아보려는 몸부림은 보이지 않고? 그리고 네 아버지가 24시간 치매냐? 하루를 기준으로 보면 제정신일 때가 더 많아."

"고모님."

"이걸 보고도 몰라? 네 엄마와 아버지의 사원증… 이걸 걸고 네 엄마의 꽃다운 모습을 보러 간 거야. 아주 움직일 수 없어지기 전에 단 한 번이라도."

"……."

"꽃다방… 네 아버지가 말했을 거다. 가고 싶다고도… 아이고, 지난 생일에 나한테 중얼거릴 때 내가 데려갔어야 했는데 하필이면 장관님 식사 예약이 있는 바람에……."

여사장이 억장을 두드렸다.

"아, 진짜 고모님도… 그럼 기다려 보세요. 제가 가서 알아보고 올 테니까."

외아들이 문을 차고 나갔다.

"아이고, 자식 새끼들 키워서 뭐 하나. 치매는 누가 걸리고 싶어서 걸리나. 그래도 착한 치매라서 저희들한테 피해 한 번 안 준 오라버니인데 사람들 창피하다고 방 안에만 가두어두다시피하더니……."

여사장의 눈물샘이 다시 터진다.

"사장님……."

소예나가 그녀를 위로했다. 언제 왔는지 피경철도 눈시울이 뜨거워져 돌아선다.

치매 노인의 외출.

창하는 여사장의 말에 공감했다. 그건 노인의 표정 때문이었다. 경사면에서 구른 후에 저체온이 되면서 숨을 거두었다. 그럼에도 아주 편안한 얼굴이다. 여사장의 말대로라면 이해가 되는 표정이었다.

치매라고 해서 24시간 내내 치매 상황인 것은 아니다. 때때로 제정신이 돌아온다. 바로 그때, 그리운 순간이 떠오른 것이다. 집에서 그렇게 멀지도 않다. 자식에게 말하면 결과는 뻔하다.

"미쳤어요?"

치매 노인이 어딜 나간단 말인가? 그러니 입도 벙긋하지 않고 감행을 했다. 치매 환자로서 배회하다 길을 잃은 게 아니라 목적을 가진 외출이었다.

여사장의 말은 머잖아 입증이 되었다. 외아들에게서 전화가 들어온 것이다.

—고모님 말씀이 맞았습니다. 죄송합니다.

외아들의 말이었다. 꽃다방의 주인이 노인을 기억하고 있었다. 구석진 테이블에 멍하니 앉아있었다고 한다. 그 앞에는 사원증 두 개가 놓였다. 커피도 두 잔이었다. 시켜만 놓고 마시지는 않았다. 그렇게 두 시간을 앉아 있다가 나갔단다.

"문 앞에서 우두커니 돌아보는 모습이 꼭 텅 빈 사람 같았어요."

외아들이 전한 주인의 말이었다.

"고맙습니다."

여사장이 창하에게 말했다. 그녀는 울음을 삼키며 국과수를 떠났다.

"어휴, 난 아직도 가슴이 먹먹하네."

소예나가 가쁜 숨을 몰아쉬었다.

"저도요."

창하라고 다를 게 없었다. 대반전이었다. 치매로 길을 잃고 헤매다 야산에서 저체온으로 사망한 줄만 알았던 치매 노인. 아름다웠던 추억을 만나러 갔다 돌아오던 중이었다니… 치매 환자도 사생활이 있고 자기의 세계가 있다는 것. 창하에게도 뼈저린 경험이었다.

"그래도 다행이네요."

여사장이 멀어진 길을 보며 창하가 중얼거렸다.

"다행?"

"꽃다방이라는 데 말이에요. 잘 찾아갔다 오시던 길이었으니……."

"그런가?"

"어쩌면 하늘 가는 길에 부인께서 마중 나온 건지도 모르겠습니다. 시신의 얼굴이 굉장히 편안했거든요."

"그랬어?"

"안 그래도 어째서 그렇게 편안한 얼굴인가 의아했는데 제 의문도 시원하게 풀렸습니다."

"아후, 나도 퇴근하고 어머니 좀 찾아가 봐야겠어. 아까 약선 요리 방 사장님이 하던 말이 뼈를 때리네."

소예나가 말했다.

부검에서 많은 걸 배운 하루였다.

죽은 사람이 산 사람을 가르친다.

죽은 사람을 많이 만나면 철학자가 된다.

해부학을 배울 때 들은 소리였다. 크게 신경 쓰지 않았다. 해부학은 늘 그랬다. 매번 엄격하고 빡빡했다. 한번은 과대표가 교수에게 건의를 했다.

"교수님은 무서워요. 자로 잰 듯 반듯하고 농담이란 걸 모르시니까요."

교수가 답했다.

"시신 앞에서의 일탈과 농담은 시신에 대한 명예훼손이다."

교수는 학점이 낮은 학생들에게 더욱 가혹했다. 학기가 끝날 때 그가 이유를 밝혔다.

"꼴찌로 졸업해도 너희는 의사가 된다. 그 꼴찌에게 치료받으러 오는 환자를 위해서 가혹할 수밖에 없었다."

그 말에 감동받은 학생이 있었다. 그때부터 분발해 열공을 했다. 성적이 치료를 하는 건 아니지만 꼴찌에게 치료받을 때 불안해할 환자를 위해서였다.

인턴은 산부인과로 갔다. 전공의 역시 산부인과에서 마쳤다. 의대 성적 때문이었다. 달게 받아들였다. 하지만 전문의가 되었을 때 그는 변해 있었다. 비록 인기 없는 산부인과였지만 최고의 의사로 거듭난 것이다.

그 몇 년 동안 의학에 집중하느라 연애 한 번 못했다. 선배가 하다 망한 산부인과를 인수받아 개업을 했다. 실력은 어디가지 않았다. 그는 정성껏 환자를 돌보았고 사후 관리까지 제대로 해주었다. 산달이 되면 대형병원으로 보내면 되니 큰 부담도 없었다.

명의로 소문이 나면서 방송 출연도 잇달았다. 마침내 그는 성형외과, 안과, 피부과 부럽지 않은 의사의 반열에 서게 되었다.

그런 그가 부검대 위에 누웠다. 개인적으로는 권우재의 의대 후배였다. 부검은 창하에게 배정이 되었다. 하지만 노모가 참관인으로 왔으니 노모를 보고서야 후배의 사망을 알게 된 권우재였다.

"간호사 그것들이……."

노모의 탄식이었다.

간호사 그것들.

'들'이라고 하니 용의 선상에 오른 사람은 한 명이 아닌 모양이었다.

"남의 일 같지 않네."

얼마 전에 동기를 떠나보낸 소예나가 한숨을 쉬었다.

"이 선생이 또 수고 좀 해야겠어."

그녀는 창하를 격려하고 자기 부검실로 들어갔다.

대기실 안의 풍경은 어두웠다. 알고 보니 현장을 수사를 책임진 곽 경위도 노모와 안면이 있는 사람이었다. 게다가 곽 경위의 아내도 그 병원에서 산전 관리를 받았단다.

"어떤 년이 우리 아들 죽였는지 꼭 좀 밝혀주세요."

노모가 고개를 조아렸다. 목소리에서 한이 가득 배어나왔다.

"사건이 좀 복잡한데……."

곽 경위가 수사 수첩을 들고 설명을 시작했다.

"어머니는 좀 나가 계시면……."

"내가 왜요?"

곽 경위 말에 노모가 각을 세우고 나왔다.

"이게 여자 관계가……."

"됐어요. 내 아들이에요. 내 아들 이야기 내가 못 들으면 누가 들어요?"

노모는 완강했다.

"후우."

한숨을 쉰 곽 경위가 본론으로 들어갔다.

"사망한 의사가 올해 37살입니다."

사진이 나왔다. 미남은 아니지만 요리 연구가라는 백 모 씨처럼 인상이 푸근하고 편한 얼굴이었다.

"시내에서 산부인과를 하는데 요즘 핫한 곳이죠. 맘카페 추천 산부인과 1위를 찍었거든요. 심지어는 일본 산모들도 원정 진료를 온다는 곳입니다."

맘카페 추천 1위 산부인과.

굉장한 인지도가 아닐 수 없었다.

"방송 출연에 책에… 월수입이 3억 이상이시고… 간호사만 다섯입니다."

"……"

"그런데 이 간호사들 중에서 넷이 용의 선상에 올랐습니다."

"예? 넷이나요?"

"이게… 말하자면 미녀 간호사와 의사의 4—5각 관계라고나 할까요? 그중 한 사람은 이틀 전에 사표를 낸 상태라고 합니다."

경찰이 노모의 눈치를 보았다. 아무래도 말하기 불편한 대목이 있는 것이다.

"뭐가 5각이에요? 그년들이 다 내 아들 돈 뜯어먹으려고 덤 빈 거지 우리 아들은 아무도 좋아하지 않았어요. 간호사들 주제에 감히 언감생심……."

노모의 분노가 불을 뿜었다. 80을 바라보는 노모. 아들에 대한 자부심이 지나칠 정도였다.

"아무튼 최근 들어 환자가 더 많이 몰렸는데 사건 당일에는 더 폭발적이라 진료가 끝나자 탈진 직전까지 갔었나 봅니다. 그래서 피로 회복을 겸해 프로포폴을 맞았다고 합니다."

'프로포폴……'

"이걸 놔준 간호사는 김혜수, 의사는 이 회복실에서 영 영……."

"용의자가 네 명이라면서요?"

"그렇습니다. 김혜수가 나온 후에 이상아가 들어갔고 이때 잠깐 정전이 된 후에 박은지, 깨우려고 들어간 최한별까지 네 명……."

"혐의점은요?"

"프로포폴 외에 졸피뎀과 바르비트루산염을 투약했다는 자백 을 받았습니다. 쓰고 버린 주사기와 수액 세트도 압수했고요."

"네 명이 다 말입니까?"

"그게… 아까 말씀드렸다시피……."

5각 관계입니다.

곽 경위가 눈짓으로 말했다.

"우 선생님."

잠시 원빈을 불러 노모에게 부검복을 지급하도록 지시했다. 그녀가 탈의실로 간 사이에 곽 경위의 세부 설명을 들었다.

"김혜수는 원장실 담당 간호사입니다. 가장 최근에 입사했는데 몸매가 거의 모델급이더군요. 다섯 직원들의 말을 종합하면 최근 의사와 가장 뜨거웠던 모양입니다."

"뜨겁다면 실제로 연애를 한단 말입니까?"

"그렇습니다. 그 네 명 중에서 세 명이 육체관계를 가졌던 모양이더군요. 한 명은 그냥 질투였고요."

"허얼."

"처음은 개원 멤버인 이상아가 의사와 사귀기 시작했는데 이후에 박은지도 건드린 모양입니다. 교제의 농도는 좀 달라서 둘은 애인급이고 박은지는 술김에 건드린 것 같았습니다. 그러다 최근에 입사한 김혜수가 미모와 애교로 의사를 독차지하면서 원내 질투와 시기가 극에 달했다고 합니다."

"전 직원 중에서 한 명만 빠졌군요?"

"몸매와 신분으로 말할 건 아니지만 그 사람은 간호조무사입니다. 비만형에 일만 아는 사람이었습니다. 그러니 의사가 건드리지 않은 모양입니다."

"어머니 말로는 간호사들이 꼬리를 쳤다고……."

"양쪽 의견은 대립각입니다. 다들 자기 유리한 쪽으로 말하는 건데 전후 사정을 고려해 보면 역시 돈 잘 버는 미혼 의사와 얼굴 반반한 간호사들의 상호 이해타산이 맞은 것 아니겠습니까?"

"그렇다고 해도 한 병원에서 셋이나……."

"그 전에 그만둔 간호사 둘과도 관계가 있었습니다. 결국 꼬리를 밟힌 거죠. 간호사들 진술 듣다 보니 의사가 거의 월수금토로 파트너를 세팅해 놓고 근처에 마련한 원룸 아파트에서 즐기셨더군요."

"혐의점 진술은요?"

"김혜수가 처음으로 프로포폴을 놨지만 의사가 지시한 대로라고 말해요. 다음으로 들어간 이상아는 원장이 깨어나면 김혜수와 엔조이하러 나갈 걸 알기에 늦게까지 재우려고 미량을 더 주입한 거라고 하고… 박은지 역시 같은 취지의 진술이고… 최한별은 그들에 대한 질투심이 작용한 케이스입니다. 다만 박은지부터 진술이 달라지는데 자기가 주사를 놓을 때부터 원장 상태가 좋지 않았던 것 같다고 합니다. 약물이 잘 들어가지 않았다나요."

"어쨌든 졸피뎀과 리도카인, 바르비트루산염을 각각?"

"예."

"약물 관리 대장은 확인하셨습니까?"

"하긴 했지만 작은 병원이라 관리가 엉망이었습니다. 보아하니 원장이 자기도 처방하고 간호사들도 처방해 주곤 하다 보니 간호사들이 빼돌린 것도 있고… 진술이 틀려도 잡아내기가 힘든 상황입니다."

곽 경위가 간호사들의 진술서를 내밀었다. 각각 투약한 약물의 사용량이 적혀 있었다.

"경찰에서 보는 시각은요?"

"글쎄요, 상식적으로 같은 약물을 주입했다면 치사량 농도에서 추가로 주입된 약물이 살인에 가장 가깝겠지만 서로 다른 약물이 네 차례에 걸쳐 주입되다 보니……."

곽 경위가 난색을 표했다.

얼마 전에 부검한 가출팸 학생들이 떠올랐다. 여섯 남학생들이 가해한 한 여학생. 그보다 난해한 사건이 벌어진 것이다.

"됐습니다. 부검해 보죠."

창하가 일어섰다.

시기의 결과는 무섭다. 이제 그 결과의 실체를 만날 시간이었다.

제3장

—

절대난제, 초유의 약물투여

딸깍!

소등과 함께 부검이 시작되었다. 부검대 위의 의사는 평온하다. 네 명이 주사한 약물의 합은 사람을 두 번 죽이고도 남을 양이었다.

상식적으로는 김혜수가 가장 유리했다. 그녀는 기존의 간호사 둘을 밀어내고 의사의 마음을 잡고 있었다. 게다가 의사의 지시로 첫 투약을 했다. 살인의 동기가 약한 것이다.

이후로 세 간호사는 모두 용의 선상이다. 김혜수에게 자신들의 자리를 빼앗긴 사람과 시기심에 불타는 간호사. 의사를 죽일 생각까지는 없다고 해도 곤경에 빠뜨림으로써 의사와 김혜수를 이간질시킬 수 있었다.

이달 말까지만 근무하기로 한 이상아가 첫 출격을 한다. 살인 혐의를 가장 많이 받고 있는 여자였다. 의사와 김혜수의 관계를 눈치 채고 들이댄 이상아. 의사의 면상에 사표를 던진 것이다.

다음으로 박은지가 나선다. 두 번째로 혐의를 받는 간호사다. 그녀는 병원에서 더 이상 쓰지 않는 마취제를 가지고 있었다.

최한별 역시 의사의 수액에 바르비트루산염을 주입한다.

앞선 두 간호사의 진술은 결이 같았다.

"김혜수와 만나지 못하게 푹 재우려고……."

최한별은 조금 다르다.

"원장님하고 그것들 놀아나는 게 꼴 보기 싫어서… 나는 다 알고 있었거든요."

간호사와 조무사들 중에서 김혜수만 칼퇴근을 했다. 그녀는 의사의 원룸에서 샤워를 마치고 기다리던 중이었다. 나머지 셋, 아니, 투약과 관계없는 간호조무사까지 넷은 늦게 퇴근을 했다. 서로 한 짓이 있으니 의사가 깨어날 때까지 기다려야 했고, 없는 잔무를 만들어 시간을 때웠다. 간호조무사는 이들이 남으니 퇴근을 미루던 상황이었다.

'허얼.'

광배가 소리도 없이 한숨을 쉬었다. 세상은 요지경이다. 부검실이라고 부검만 하는 건 아니다. 시신들이 살아 있을 때의 사연이 따라오는 것이다.

작은 의원에서 4각 혹은 5각 관계. 누가 봐도 심했다. 한편으로는 그런 관계를 유지해 온 의사도 대단해 보였다. 결국에는 꼬리를 밟혔다지만 보통 사람이라면 엄두도 못 낼 일이다. 가히 21세기의 카사노바라고 칭할 만했다.

불이 들어오자 외표검사에 돌입한다. 팔오금 부분의 주사흔을 제외하면 침 맞은 자국들만이 유일한 상처였다. 침은 역시 피로 때문에 맞았다. 환자가 몰리면서 무리하다 보니 허리와 엉치가 아팠던 것. 어깨부터 히프까지 이어지는 침 자국을 하나하나 확대경으로 살폈다. 혹시 피하주사가 들어갔을 수도 있기 때문이었다.

찰칵!

팔오금의 주사흔을 기록으로 남겼다.

다음으로 절개에 들어갔다. 정맥주사를 맞다가 사망해도 절개는 필요했다. 심장 안의 혈액과 위장의 내용물, 방광 안의 소변을 샘플로 해야 하기 때문이었다. 만약 오래된 시체라서 이런 샘플 채취가 불가능하다면 눈의 초자체, 척수액 등에서 얻는다. 그마저도 불가능하면 머리카락, 골수, 심지어는 시체 밑에 분포한 흙이라도 샘플로 써야 했다.

가능한 모든 샘플을 동원했다. 비장과, 뇌, 폐, 모발까지 빼먹지 않은 것이다.

그러나 독극물은 증명 자체로 살인이 성립되지 않는다. 혈중농도에서 치사량이 나와야만 하는 어려운 점이 있다. 투여된 방법의 증명으로는 위나 간의 농도가 높으면 입으로 먹인 것이고 폐의 농도가 높으면 호흡기에 작용한 것으로 본다.

기본에 충실했다. 심장을 열어 샘플을 취하고 위장의 내용물과 함께 방광의 소변을 취했다.

법독성화학과에는 창하가 직접 들렀다. 예사롭지 않은 사건이기 때문이었다.

"프로포폴, 졸피뎀, 누바인, 바르비트루산염요?"

독성 분석에 베테랑인 반규인 연구사가 확인을 해왔다. 미국에서 약대를 나온 그녀는 국과수 전체를 통틀어도 재원에 속하는 인재였다.

"네."

창하가 답했다.

"한 사람에게 이 많은 약물을 다 투여한 건가요?"

재차 묻는다. 그만큼 특별한 경우였다.

"그런 모양입니다."

"특이하군요."

"그러게 말입니다."

"다른 정성검사는요?"

반규인이 또 묻는다. 정성검사는 어떤 약물의 존재 여부를 확인하는 검사다. 다른 검사로는 정량검사가 있다. 이건 어떤 약물이 얼마나 들었는지를 증명한다. 중독사에서는 당연히 후자가 중요했다.

"에탄올은 어때요? 보통 약물들이라면 에탄올이 가속 페달 역할을 한다 해서 다른 선생님들은 같이들 요청하시는데……."

"아, 그렇군요."

창하가 손뼉을 쳤다. 독성물질에 몰두하다 보니 깜박했다.

음주 진료를 하는 의사도 더러 있다. 여자 간호사들만 있는 곳이니 그녀들 몰래 한잔했을 수도 있었다. 역시 베테랑은 달랐다.

"그럼 에탄올에 더불어 '근육 이완제'도 좀 부탁해요. 마취제와 함께라면 에탄올보다도 치명적이니……."

창하가 한마디를 덧붙였다. 이 요청이 신의 한 수가 되었다.

"긴장되는데요?"

부검대 앞에서 원빈이 몸서리를 쳤다. 곽 경위와 노모는 대기실로 나간 후였다.

"나도 그렇네. 화려한 여성 편력답게 화려한 약물 주입이니……."

광배도 혀가 말라간다.

국대급 검시관으로 불리는 창하. 그렇다고 해도 이런 부검이라면 장담하기 어려웠다. 우선 간호사들 간의 투약 간격이 너무 짧았다.

김혜수―오후 6시 10분 영양수액과 함께 첫 프로포폴 정맥 주입.

이상아―오후 6시 25분 졸피뎀 주입.

박은지―오후 6시 35분 리도카인 주입.

최한별―오후 7시 5분 바르비트루산염 주입.

배선희―오후 7시 40분 사망한 의사 발견.

김혜수―프로포폴 40㎎ 주입

이상아―졸피뎀 6.25㎎ 두 알을 식염수에 녹여 주입

박은지―리도카인 2㎖ 주입

최한별―바르비트루산염 2㎎ 주입

부검대 앞에 앉아 사건을 재구성해 나갔다. 간호사들은 거의 10분에 한 번씩 들락거렸다. 회복실은 화장실로 통하는 구석 편에 있었으니 생리현상을 빙자해 주사를 놓은 것이다.

첫째로 들어간 약물이 프로포폴이다. 최근 들어 잦은 문제를 일으키는 놈이다. 그러나 프로포폴 자체만으로 보면 억울한 일이 아닐 수 없다.

프로포폴은 짧고 개운한 수면을 안겨준다. 의사들이 잠을 잘 못 자거나 피곤한 환자들에게 서비스로 놔주면서 유명세를 타고 있다. 실제로는 자는 게 아니다. 기억을 마비시켜 잠을 자지 않아도 잔 것처럼 느끼게 한다. 그래서 개운한 느낌을 준다.

김혜수가 놓은 프로포폴 40㎎은 일반적인 수술의 마취 농도에 해당한다. 간호사들에게 놓아주고 그 자신도 맞을 정도라면 의사는 처음이 아니다. 약물 알레르기를 사망 가능성에서 지워 버린다면 이 처방은 사망에 이를 농도가 아니었다. 내성이 생기면 농도를 올려야 하는 약물인 것이다.

문제는 이상아의 졸피뎀부터 시작한다. 졸피뎀은 6.25㎎ 두 알이 들어갔다. 이 또한 일반적으로는 사망에 이르지 않는다. 그러나 두 약물의 충돌로 인한 사이드 이펙트, 즉 부작용이 문제가 될 수 있다. 예컨대 졸피뎀의 혈중농도가 1.0㎎/dl 이하라면 치사농도를 면한다. 그러나 다른 약물과 함께 들어가면 1.1㎎/dl 이상으로도 사망한 예가 있었다. 단독으로 쓰는 것에 비해 상승작용이 강해지는 것이다. 알코올과 만나면 더욱 치명적이다. 0.8㎎/dl로도 세상을 하직할 수 있다.

세 번째 약물인 리도카인은 국소마취제의 일종이다. 체내에 머무르는 시간도 짧고 작용 시간도 짧아 말초 국소마취제로 쓰인다. 이 약품은 6개월 전부터 다른 것으로 교체가 되었다. 박은지는 개원 멤버였으므로 몇 개 남은 이 마취제를 가지고 있었다.

네 간호사가 쓴 약물은 다 치사량 범위가 아니었다. 본인들의 진술이므로 액면 그대로 믿을 수는 없었다. 하지만 그 말이 맞는다면 약물들의 상승작용과 상호 부작용에 대한 상세 확인까지 들어가야 하는 것이다.

"약물 결과 안 나왔습니까?"

얼마 후에 곽 경위가 들어왔다. 분석이 오래 걸리면 그도 경찰서로 복귀를 해야 한다. 그래서 확인차 들어온 것이다.

"조금 더 있어야 합니다. 그보다……."

창하의 추가 질문이 나왔다. 의대 꼴찌에서 산부인과의 혜성으로 거듭난 의사 이인재. 그의 성향과 병원 관리 등의 사족이 필요한 시점이었다.

"저 의사가 명의로 뜨기 시작한 게……."

곽 경위가 수사로 얻은 정보를 풀어놓았다.

시작은 역시 프로포폴이었다. 유명 연예인의 코디가 테이프를 끊었다. 톱가수 민수하의 코디를 하다가 결혼으로 쉬게 된 그녀, 출산 계획을 세울까 싶어 집 근처의 산부인과를 찾았다가 이인재를 만났다. 그때까지 불면에 시달리던 그녀에게 프로포폴을 주사해 주었다.

"너무 개운해요."

그녀가 단골이 되었다. 신뢰가 생긴 그녀, 임신 후에 관리도 이인재에게 받았다. 그녀가 연예가에 소문을 내면서 연예산업에 종사하는 산모들이 한둘 드나들게 되었다. 그들을 성심껏 돌보았다.

이인재는 환자 관리에 눈을 떴다. 연봉을 더 주더라도 외모가 되는 간호사와 간호조무사를 채용했다. 이미지 관리에 나선 게 성공하면서 연예가와 방송국 환자들이 늘어났다.

더 확실한 관리를 위해 프로포폴을 직접 맞아도 보았다. 간호사들에게도 권하면서 첫 관계가 맺어지게 되었다. 잠든 간호사가 너무 섹시해 보여 선을 넘은 것이다. 다행히 그 간호사는 이인재에게 호감을 가지고 있었으니 자연스럽게 엔조이로 발전했다.

이게 시발이었다. 연예인들과 방송국에 재직 중인 산모들을 관리하면서 방송 출연까지 하게 된 이인재. 호감스러운 외모에 능력과 고소득까지 보장받게 되었으니 미녀 간호사들이 먼저 대시를 하게 되었다.

그러다 첫 문제가 생겼다. 자신과 관계한 간호사 하나가 다른 간호사들에게 갑질을 해버린 것이다.

내가 누군 줄 알아?

나 여기 사모님이 될 사람이야.

간호사면 다 같은 줄 알고… 어디서…….

그녀가 폭주하자 돈을 주고 관계를 끊었다. 퇴직도 시켰다. 이후부터 철저하게 조심을 했다. 하지만 오래가지 않았다. 작은 병원이다 보니 결국은 꼬리를 밟히고 만 것. 그때부터 미녀 간호사들의 피 튀기는 혈전이 시작되었다.

그러던 와중이니 약물 관리에 엄격하지 못했다. 원장과 몸을 섞은 간호사들이었다. 어머나나 절친을 데려와 서비스하는 걸 알면서도 제지하지 못한 것.

그러다 보니 병원 분위기를 잡아줄 사람이 필요했다. 간호조무사인 배선희가 그중 한 사람이었다. 그녀는 미녀와는 거리가 멀었다. 온갖 잡일에 잡무를 도맡으면서도 잡음을 일으키지 않았다.

사건 당일, 갑작스러운 전기 차단기 오작동으로 암흑이 되었을 때 차분하게 차단기를 확인한 것도 그녀였다.

궁궐의 여인들처럼 암투와 시기가 판을 치는 것을 알면서도 내색 한 번 없었다. 오죽하면 이번 사건으로 인한 참고인 진술 때도 간호사들에 대해 험담하지 않았다고 한다.

'Liver.'

창하의 시선은 시신의 간에 있었다. 이번 사건의 열쇠는 저 간이 쥐고 있다. 지난번 가출팸들의 사건 때 정액이 키 포인트였던 것과 같았다. 간은 물질대사에 관여한다. 몸에 들어온 약물은 반드시 간을 거쳐 간다.

창하가 긴장하는 건 약물 간의 충돌, 즉 부작용이었다. 약물은 아무렇게나 투여될 수 없다. 서로 만나 시너지가 되는 게 있고 독이 되는 게 있다. 약물들의 치사량 또한 다른 약물과 만날 때 달라진다. 아쉽게도 거기에 대한 자료는 많지 않다. 병원의 목적은 사람을 살리는 데 있다. 그러니 죽는 경우의 자료가 많이 나올 리 없었다.

"선생님."

골똘하는 사이에 원빈이 화면을 가리켰다. 약물검사 결과가 들어온 것이다.

'후우.'

초긴장이다. 숨을 고르고 화면으로 다가섰다. 광배와 원빈도 다가온다.

프로포폴.

김혜수가 처음으로 주입한 약물부터 보았다. 40㎎이 들어갔다고 했다.

「혈액 5.0μm/ml」
「소변 1.1μm/ml」
「담즙 5.2μm/ml」

검출 농도가 나왔다. 일반적인 수술의 마취 수준 정도였다. 이 수준으로는 치사량에 도달하지 못한다. 의사가 프로포폴을 처음 맞는 사람도 아니었으니 부작용의 우려도 없다. 김혜수가 용의 선상에서 고이 내려가는 순간이었다.

다음은 졸피뎀이다.

이상아가 6.25㎎ 두 알을 식염수에 녹여 주입했다. 말초혈 중 함량이 0.5㎎/dl으로 나왔다. 이 역시 치사량과는 간격이 컸다. 프로포폴이 먼저 들어간 점을 감안해도 1.0㎎/dl은 넘어야 한다. 하지만 가능성은 남는다. 바로 에탄올이었다. 술을 좀 마신 상태라면 1.0㎎/dl 이하로도 치사량이 될 수 있었다.

"……!"

창하 시선이 가볍게 흔들렸다. 에탄올은 검출되지 않았다. 의사의 옷장에 위스키와 코냑이 있었다기에 확인했던 것. 이로서 이상아도 용의 선상에서 내려놓았다.

리도카인 역시 치사량은 아니었다. 체내에 머무르는 시간이 짧고 작용 시간도 짧은 특성 탓인지 유의할 수준도 아니었다.

마지막으로 바르비트루산염…….

최한별이 2㎎을 주입했다. 이 또한 치사량 수치에 아주 멀었다. 하나씩 지우다 보니 용의 선상에는 아무도 남지 않았다.

'푸헐.'

난감한 결과가 나왔다. 한 가지 약물만 떼어본다면 누구도 살인하지 않았지만 의사는 죽었다. 그것은 곧 여러 약물 간의 상호작용이 낳은 예측 불가의 난제를 창하에게 안겨주는 결과였다.

　이런 경우는 입증이 힘들다. 설령 동물실험으로 결과를 뒷받침한다고 해도 마찬가지다. 변호사들이 물고 늘어지면 재판부도 판결이 어려워진다. 사람과 동물은 다르기 때문이다. 아니, 사람과 사람조차도 다르다.

　사망의 원인…….

「미상」

　결코 만나고 싶지 않은 단어가 창하 가까이 와 있었다.

　'후우.'

　숨을 고르고 방성욱의 경험치를 꺼내 보았다. 미국 검시관들은 약물 시신을 만날 기회가 많았다. 심하게 말하면 총기 아니면 마약이었다. 그러나 그들도 이렇게 다양한 약물을 시차를 두고 시도하는 경우는 거의 없었다. 어느 것이든 하나를 정해 몰빵을 하는 것이다.

　하지만 복잡한 경우가 있기는 했다. 오리건주의 요양병원 간호사가 범인인 사건이었다. 130㎏의 그녀는 노인 다섯을 죽인 일급살인 혐의를 받고 있었다. 수사망이 좁혀오자 극단적인 선택을 했다. 병원의 온갖 약물을 스스로 주입해 목숨을 끊은 것이다. 그녀의 시신에서 검출된 약물은 무려 전신마취

제, 근육 이완제, 소염진통제, 수면진정제 등등이었다.

'아.'

거기서 촉 하나가 들어왔다. 재빨리 화면으로 돌아가 약물 검사 결과를 체크했다.

"......!"

실망이다. 창하가 생각하던 근육 이완제. 그 난이 비어 있었다.

「미상」

마침내 그 단어를 꺼내야 할 것 같다고 생각할 때 전화기가 울렸다. 독극물 분석을 맡고 있는 반규인이었다.

─선생님.

"예……."

─아까 독성물질 말씀하실 때 근육 이완제 계열도 부탁하셨죠?

"예……."

─그게… 제가 검찰에서 다른 응급 분석 요청이 들어온 게 있어서 바로 하지 못했어요. 조금 전에 결과 나와서 입력했으니 확인해 보세요. 죄송해요.

"......?"

분석을 못 했었다고?

그러고 보니 그 난은 공란이었다. 불검출이나 미검출이 아닌 것이다. 재빨리 새 창을 열었다. 마우스를 클릭하니 새 결과가 보였다.

[판크로늄]

검출된 근육이완제가 보였다. 다행스럽게도 그 옆의 검출 수치는 공란이 아니었다.

"빙고!"

*   *   *

판크로늄 $5.6\mu m/dl$

근육 이완제가 검출되었다. 게다가 치사량에 가까웠다.

"……?"

하지만…….

창하는 다시 골똘해질 수밖에 없었다. 네 간호사의 자백 중에 판크로늄 주입은 없었다.

"근육 이완제요?"

곽 경위가 다시 질문을 받았다.

"그게 사망의 원인입니다."

"……?"

"간호사들 중에 경찰을 속이는 사람이 있는 것 같습니다."

"그럴 수도 있겠지요. 용의자들이야 거짓말을 밥 먹듯이 하니까. 하지만 이 간호사들은 아닌 것 같았습니다."

"어째서죠?"

"넷이 이전투구를 벌였거든요. 저희가 일부러 방치한 거고요. 넷이 한자리에 모이니 막말로 뽕브라부터 빤쓰 색깔까지 다 까밝히더군요. 난타전이라고나 할까요? 약물 사용도 간호사들이 치고받는 언쟁 속에서 확인한 후에 병원 약물을 대조한 거고요."

"그렇다고 모든 팩트가 나온 건 아닐 수도 있지 않습니까?"

"그렇긴 하죠."

"정전 말입니다. 그건 왜 일어났답니까?"

창하가 물었다.

"저희도 그게 이상해서 체크를 했습니다. 하필이면 그때 정전이라뇨? 그런데 건물주 만나보니까 이해가 가더군요. 그쪽 빌딩이 리모델링을 하면서 누전차단기를 비상계단 쪽으로 빼놓았답니다. 그래서 이따금씩 누군가가 장난으로 전원을 내리는 경우가 있어 안전 박스를 설치할 예정이라고 하더군요."

"아무튼 현재로서는 근육 이완제의 사용자와 출처를 찾아야 합니다."

"그런데… 근육 이완제로도 사람이 죽습니까?"

"물과 소금도 많이 먹으면 죽는 게 사람입니다."

"……."

"잠깐만요. 제가 본서에 연락해서 간호사들 재확인해 보라고 하겠습니다. 넷 다 경찰서에 있거든요."

"김혜수는 아닙니다. 그녀는 빼고 진행하세요."

"어째서죠?"

"그녀는 의사와 약속이 예정되어 있었다면서요? 경찰이 다른 증거를 가지고 있다면 몰라도 근육 이완제를 놓을 동기가 성립되지 않습니다."

"알겠습니다."

곽 경위가 돌아섰다.

살인의 입증은 이렇듯 산 너머 산이다. 살인의 원인이 나온다고 저절로 해결되는 게 아닌 것이다. 잠시 밖으로 나와 바람을 쐬였다. 다시 한번 과정을 복기해 본다.

—프로포폴.
—졸피뎀.
—리도카인.
—바르비트루산염.

간호사들이 주장하는 주입량과 혈중농도를 고려하면 의사는 최한별이 바르비트루산염을 투입할 때까지는 살았다. 김혜수를 제외하면 나머지 셋은 여전히 용의 선상이다. 자백에 더

불어 주사기가 나오지 않으면 사인을 찾아내고도 범인 증명이 어려울 일이었다.

그런데 이 범인은 엉뚱한 데서 나왔다. 재조사를 위해 병원으로 달려간 형사의 촉이 일등공신이었다.

"근육 이완제 판크로늄 말입니다. 누가 관리하는지 말해주세요."

병원 정리를 위해 혼자 남아 있던 간호조무사 배선희.

"그건 왜요?"

정색을 하며 되물었다.

"그 약물이 사인일 수 있어요."

"네?"

배선희가 하얗게 질려 버렸다. 예상 밖의 반응이었다.

'뭐야?'

형사의 촉이 폭발했다.

"당신이야?"

넘겨짚은 한마디에 배선희가 무너졌다.

"어우."

듬직한 덩치의 그녀, 접수대에 얼굴을 묻은 채 한없이 흐느꼈다. 그런 다음에 진실을 털어놓고 말았다.

"다들 일은 제대로 안 하고 원장님에게 꼬리 치면서 김칫국만 마시길래 제가 원장님 못 나가시게 그 약을 넣었어요. 저는 그냥 얼굴과 몸매 하나로 대우받는 여우들이 미워서… 일은 누가 다 하는데……."

배선희의 어깨가 부서질 듯 떨렸다. 이렇게 되면 다섯 간호사가 전부 가담한 꼴이었다.

배선희의 근육이완제 주입 또한 그와 다르지 않았다. 간호사들에 비해 입지가 약한 그녀. 원장을 돌볼 구실이 없었으니 도중에 전기를 내리고 들어가 주입을 한 것이다. 보기보다 겁이 많은 간호사들이었으니 정전이 되면 꼼짝도 않는다는 걸 알고 있었던 것이다.

그러나 거기가 바로 사망 시점이었다. 그녀가 들어간 시각은 김혜수와 이상아 다음. 정전을 구실로 들어가 근육 이완제를 넣었다. 박은지가 약물을 넣을 때 왠지 이상했다는 게 팩트였으니 그때라도 응급처치를 했더라면 하는 아쉬움이 남았다.

"……?"

상황을 통보받은 창하도 놀라지 않을 수 없었다.

"아, 완전 반전이네요. 네 여자의 시기와 질투 전쟁에 엉뚱한 여자가……."

곽 경위도 고개를 저었다.

"주사기는요?"

"배선희 집 화장실 변기 수조 안에서 찾았습니다. 비닐에 싸서 거기 넣어두었더군요."

"안타깝네요."

"그러게요. 재미는 엉뚱한 것들이 보고 죄는 일만 하던 간호사가 독박 쓰게 생겼으니……."

"……."

"그나저나 근육 이완제가 그렇게 무서운 겁니까? 저희 과장님도 선생님한테 꼭 좀 물어보라던데……."

"포도당 수액에 마취제를 넣으면 잠이 들지만 근육 이완제까지 넣으면 사망에 이르게 됩니다. 약이 그래서 무서운 거죠. 잘 쓰면 그야말로 약이지만 잘못 쓰면 독이니 상극과 상생이 있는 겁니다."

"허, 참. 이래서 의학이 어렵군요. 졸피뎀 무서운 줄은 알았는데 근육이완제라니……."

"사인에 대해서는 조금 더 고민해 보겠습니다. 이렇게 무작위로 들어간 약물이라면 근육 이완제 외에 다른 약물도 영향을 미쳤을 수 있으니까요."

"사견입니다만 배선희를 제외한 다른 네 명 중의 하나가 살인죄를 받으면 좋겠습니다. 아, 21세기에 무슨 왕비간택전도아니고… 그 간호사들 가방에 의상, 속옷 같은 거 보니 간호하러 다니는 건지 원장 꼬시러 다니는 건지 모를 정도더군요. 병원에서의 일도 설렁설렁이었다고 하고……."

"……."

"역시 여자는 이쁘고 잘 빠져야 하는 건지……."

곽 경위는 시신을 수습해서 돌아갔다.

의대에서 꼴찌를 달리다 대반전에 성공한 산부인과 의사.

이렇게 생을 마치고 말았다. 의대 때 친구 생각이 났다. 여신 급 여친에게 차인 직후였다.

"잡아다 근육 이완제 찔러서 정신만 살리고 꼼짝 못 하게 해서 내 침대에 누여놓을까?"

배선희의 생각은 그것이었을까? 여우 같은 간호사들의 공세 에 놀아나는 원장. 간호조무사로서 옆에서 지켜보는 마음이 편했을 리 없었다. 그래서 간호사들에게 헛물을 먹이고 싶었 을까?

하지만 창하의 생각은 틀렸다. 곽 경위가 걸어온 전화 때문 이었다.

—선생님, 추가 조사 결과가 나왔는데요, 배선희도 원장을 좋아했다네요. 그녀의 소지품 메모에서 그런 글들이 나왔답 니다.

"……!"

창하의 몸에서 맥이 쭉 빠져나갔다. 원장의 아방궁. 그 안 에서 단 하나의 예외였던 간호조무사. 그녀도 예외가 아니었 다니…….

사무실로 돌아와 부검 정리를 했다. 검시관에게 사람의 격 은 상관없었다. 그게 착한 사람이든, 악한 사람이든. 중요한 건 오직 주검의 원인이었다.

의사의 사인에 대해서는 좀 더 면밀한 검토를 할 생각이었다. 배선희의 자백이 나왔다지만 자백은 움직인다. 그 자백으로 골치를 썩이는 사건을 하나 더 만나게 되었다. 부검 중에 전화를 걸어왔던 법원 판사 이한열이었다.

"바쁘신데 죄송합니다."

서른을 조금 넘은 그는 굉장히 차분해 보였다.

"진짜 오셨군요?"

창하가 자리를 권했다. 시간 나면 한 번 찾아가도 되냐기에 인사로 넘겼던 창하였다. 그런데 전격 방문을 한 것이다.

"명성은 자자하게 들었습니다."

나아가 겸손하기도……

"명성이라뇨. 당치도 않습니다."

창하가 손사래를 쳤다.

"그러지 않으셔도 됩니다. 다른 판사들에게도 들었는데 이 선생님 부검이면 신뢰도가 100% 가깝다고 하더군요. 게다가 중국과 일본에서도 활약을 하신다고……."

"그렇게 말씀하시면 제가 얼굴이 뜨거워서……."

"아무튼 그래서 신세 좀 지려고 왔습니다."

"아까 얼핏 듣기로는 흉기 살인이라고 하시던데?"

"맞습니다. 바로 이런 놈이죠."

이 판사가 식칼 하나를 꺼내놓았다. 가정집 주방에서 흔하게 쓰는 칼이었다.

"증거물로 들어온 칼과 거의 비슷한 걸 구해 왔습니다. 그래야 좋을 것 같아서 말이죠."

"예⋯⋯."

"제가 올해로 판사 생활 3년 차입니다. 그럭저럭 초보 딱지 떼는 정도죠."

"네."

"그동안 애를 먹은 판결이 있기는 했는데 이번 사건도 좀 만만치 않아서요."

"말씀해 보시죠. 제가 도움이 될 것 같으면 도와드리겠습니다."

"그러니까 이게 간단히 보면 폭력 남편과 매 맞는 아내의 이야기일 수도 있는데⋯⋯."

이 판사가 재판 내용을 짚어나갔다.

폭군 남편이 있었다. 아내를 지독히도 괴롭혔다. 술이라도 마시면 칼을 들고 설쳤다. 아내의 팔뚝과 어깨에 상처를 입힌 적도 있었다. 그래도 아들만은 손대지 않아 다행이었다.

"방으로 들어가 있어."

아내에게 주취 폭력을 행사할 때마다 아들은 방으로 몰아 넣었다.

그러다 술이 깨면 천사로 돌아간다.

내가 잘못했어.
다시는 안 그럴게.
딱 한 번만 용서해 줘.

아내의 이혼 결심은 천 번도 넘었었다. 그럼에도 이혼을 하지 못하는 데는 가슴 아픈 사연이 있었다. 홀어머니 밑에서 자란 아내. 어머니의 절대 유언을 받은 것이다.

"내가 네 아버지에게 이혼당하고 평생을 손가락질 받으며 살았다. 너만은 엄마의 전철을 밟지 말거라."

착하게 자란 딸, 어머니의 유언을 곱씹으며 참아 넘겼다. 그러던 중에 일어난 참극이었다.

남편의 생트집은 어이가 없을 정도였다. 이틀 전에 행사한 폭력을 사과한다고 외식을 하러 간 날이었다. 고깃집 사장을 보고 웃었다며 시비를 시작한 것이다.

"내 앞에서 꼬리를 쳐? 언제부터 붙어먹은 거야?"

아내가 정색을 하지만 꼭지가 돌아버린 남편은 막무가내였다. 아이를 방으로 밀어 넣더니 식칼을 뽑아 들었다. 아내가 달래보지만 듣지 않았다.

"이리 와. 오늘 너 죽고 나 죽는다."

남편이 우악스레 아내 어깨를 잡아끌었다. 목소리가 높아지니 방 안의 아이가 자지러졌다. 그 울음에 놀란 아내가 남편을 뿌리쳤다. 느닷없는 저항에 밀린 남편이 서랍장에 부딪치면서 중심을 잃었다. 그 틈을 타서 아내가 칼을 빼앗았다. 그걸 싱크대 칼집에 꽂고 돌아서는데 남편이 기울고 있었다.

술 제대로 취했네.

그냥 두고 방으로 들어가 아이부터 챙겼다. 겨우 눈물을 그친 아이가 엄마 등 뒤를 가리켰다.

"엄마, 피."

"......!"

돌아보던 아내가 혼비백산을 했다. 남편이 엎어진 자리에 피가 홍수를 이룬 것이다.

띠뽀띠뽀!

119 구급대가 왔지만 남편은 이미 사망한 후였다. 왼쪽 가슴에 자창은 단 하나. 남편은 칼에 찔려 죽었다.

"제가 죽였어요."

경찰이 오자 아내가 자수를 했다.

아내의 태도가 바뀐 건 재판 과정 중이었다. 경찰, 검찰 조사에서와 달리 그녀는 범행 자체를 부인하고 나왔다.

"악에 받친 남편이 저를 겁주기 위해 자기 자신을 찔렀을 거예요. 그도 아니면 실랑이 중에 그랬던지요."

아내의 주장이다. 범행을 부인하기는 두 가지가 다 같았다.

"그럼 왜 수사 중에 자백을 한 겁니까?"

주심 판사가 물었다.

"그때는 제정신이 아니었어요. 저와 실랑이 중에 죽었으니 저 때문인가 생각했었죠. 하지만 아니에요. 나중에 생각해 보니 나는 그 사람을 죽이지 않았어요."

판사들이 부검 결과를 검토했다. 합의제였으므로 3인 1조였다.

상처는 왼쪽 심장 부근 가슴 부위에 난 자창 하나였다. 방어흔이나 주저흔도 일체 없었다. 피살자인 남편이 입고 있던 패딩과 폴라티, 내의에도 같은 흔적이 보였다. 자창의 넓이는 3.1㎝였고 찔린 깊이는 18㎝. 자창의 각도는 거의 수평을 이루고 칼날의 방향은 바깥쪽을 향하고 있었다. 칼은 심장을 찌르고 '얌전'하게 빠져나왔다.

원 샷 원 킬.

영화처럼 단 한 방에 즉사였으니 출혈도 거의 없었다.

"우리가 셋이 돌려보았는데 1 대 1 대 1의 의견이 나왔어요."

이 판사가 이마의 땀을 닦았다. 그는 아내의 살인을 의심했고 주심 판사는 남편의 자해 자살, 또 다른 한 판사는 시보라 의견을 내지 못했다고 한다.

"판사님은 왜 살인으로 보았을까요?"

창하가 질문을 던졌다. 어쨌든 짚고 가야 하는 과정이었다.

"진술 때문이죠. 남편이 아내의 정면에서 어깨를 잡아끌었다고 합니다. 그렇다면 마주 보는 중이죠. 남편은 칼을 이렇게 잡았다고 하더군요."

이 판사가 시범을 보였다. 칼자루 끝에 엄지를 대고 잡는, 소위 뭔가를 내리찍을 때 잡는 자세였다.

"이런 자세라면 칼날이 바닥을 향하게 됩니다. 그러니 이 상태의 자해라면 자창은 수평이 아니라 수직에 가까워야 하지 않을까요? 칼날 방향 역시 바깥쪽이 아니라 안쪽을 향하는

게 더 자연스럽고요. 그런 이유로 저는 아내가 찌른 것으로
판단하게 되었습니다."

"그럼 반대 의견을 낸 분은요?"

"주심판사 선배님은 실랑이라는 상황 변수에 무게를 두는
것 같습니다. 제 의견에 대한 합리적인 의심이라고 할 수 있겠
는데 아내가 남편과 마주 서서 칼을 찔렀다면 칼의 방향이 바
닥을 향해야 하는데 자창의 방향이 수평이라는 점에 대해 주
목해야 한다고 하십니다. 즉 둘의 실랑이 와중에 일어난 우발
적인 상황에 대한 고려가 필요하다는 거죠."

결국 주심판사는 자해 자살이거나 사고사 쪽 견해였고 이
판사는 살인 쪽이었다.

—자살이냐.
—살인이냐.

판사들의 관점에서 바라보는 부검이다. 판사의 방문을 대수
롭지 않게 생각하던 창하가 빠져들기 시작했다.

제4장

—

칼은 무생물이 아닙니다.

판사의 어려움을 알게 되었다. 그들이라고 법정에서 땅땅땅 판결문만 낭독하는 건 아니었다. 집으로 서류 싸들고 가기가 예사인데 그 분량 또한 장난이 아니었다. 그러고 보니 그가 꺼내놓은 자창에 대한 서류만 해도 삼겹살 열 근보다 두툼했다. 새로운 사건이거나 새로운 기법의 범죄가 나오면 더 많은 공부가 필요하다고 한다.

　"이 판결을 앞두고 대학병원 부검의와 법의학자들을 만났는데 그들도 저와 이해를 같이해 주었습니다. 즉 자창의 형태로 볼 때 남편이 서랍장에 부딪치면서 실수로 찔렸을 가능성은 거의 없다고 합니다. 자창의 부위와 모양, 칼날의 진행 방향

등을 고려할 때 실수로 찔렸다고 보기는 어렵죠. 남편의 성향으로 보건대 그 와중에 자살은 생각하기도 어렵고요. 이런저런 가능성을 배제하고 나면 딱 하나, 아내가 찌른 가능성만 남게 됩니다."

이 판사가 말했다. 논리적이다. 부검의가 아닌 눈으로 보면 거의 그랬다.

"주심 판사님은 뭐라고 하시던가요."

"그분은 피의자 진술의 모순을 시작으로 칼날의 방향에 대한 과학적 근거의 결여를 주창하셨고 자창의 방향만 놓고 아내가 찔렀을 거라고 판단하는 것 자체가 무리가 있다는 쪽이죠. 게다가 남편이 일방적으로 우월한 폭력을 행사 중이었는데 아내가 칼을 뺏어 찔렀다면 어떻게 방어흔이 하나도 없냐는 얘기를 하시더군요."

"......"

"나아가 칼의 수평 자입 또한, 칼 쥔 자세로 보아 전문 폭력배도 아닌 가정폭력의 당사자인 아내가 만들기 어려운 상해라고……."

"......"

"어떻습니까?"

"그보다 판사님은 어떻게 저를 찾아오실 생각을 다 하신 겁니까?"

"그거야 이 선생님이 워낙 출중하시니……."

"제 말은 그런 게 아니고… 이 재판에 특별히 신경을 쓰시는 이유 같은 거 말입니다."

"이유라면……."

잠시 생각하던 이 판사가 말을 이어갔다.

"솔직히 말하면 얼마 전, 피고에게 당한 적이 있었습니다. 천사같이 착하게 생긴 사람이 사기꾼으로 피소가 되었는데 소리도 없이 울면서 반성하는 모습에 감동해 형량을 너그럽게 주자는 의견을 낸 적이 있었습니다. 판사도 사람이니까요. 그때가 퇴근 직전이었는데 주차장으로 가다가 불구속 상태인 그가 통화하는 모습을 보게 되었습니다. 맹한 판사 만나서 운이 좋았다고 너스레를 떠는데 법정에서와는 아주 딴판이더군요. 제가 감쪽같이 당했습니다."

"두 얼굴 말씀이죠?"

"정말이지 그때는 아차 싶었습니다. 그 이틀 전에 어머니가 돌아가시면서 제가 잠깐 감상에 취했던 것 같은데 다시는 그런 전철을 밟지 않으려고요."

"다섯 살 아들과 매 맞는 아내……."

창하가 다시 사건 상황을 펼쳐놓았다.

"감성 프레임에 딱이죠. 우리 선배님은 딱하게 생각하는 눈치던데 제가 볼 때는 그렇게 시달림을 당한 여자치고는 상처가 별로 없었습니다. 조서를 봤더니 몸에도 특별한 상처나 질병은 없었다더군요."

"음, 그 말에는 저는 공감하지 못합니다."

창하의 반론이 나왔다.

"예?"

"상처 말입니다. 진짜 전문가라면 상처가 안 나게 때릴 수 있는 방법은 얼마든지 있습니다. 참고로 저희도 깨알만 한 명을 따라 절개해 들어가면 손바닥보다 큰 내부 출혈을 보는 일이 많거든요. 특히 배를 차거나 하면 안은 망가져도 겉보기에는 거의 멀쩡합니다."

"아, 그럴 수도 있군요? 그건 제가 잘못 생각했습니다."

판사가 고개를 숙였다. 볼수록 겸허한 사람이었다.

"그럼 이제 제 소견을 말씀드려도 되겠습니까?"

"그러세요. 아까부터 궁금했습니다."

"우선 이 부검 사진들… 판사님들이 그렇게 첨예하게 분석하는 줄 몰랐습니다. 많은 부검에 있어 우리가 최선을 다한 방향으로 읽혀질 것으로 믿었거든요."

"모든 사건이 다 이런 것은 아닙니다. 단순하게 끝나는 것도 많습니다."

"알겠습니다. 일단 칼부터 시작할까요?"

"예."

이 판사가 귀를 쫑긋 세웠다.

"부검 자료를 보니 남자 체격이 177㎝에 여자는 159㎝로군요."

"그렇습니다."

"쟁점은 사망자가 가슴을 찔려 죽었는데 스스로 찔렀느냐 아니면 아내가 찔렀느냐?"

"예."

"이 칼이 문제의 칼과 비슷한 거라고요?"

창하가 칼을 잡았다. 처음에는 엄지 방향과 칼날이 직선으로 이르는 자세. 그러나 이내 사건과 같은 자세로 고쳐 잡았다. 내리찍을 듯한 자세였으니 칼자루의 끝에 엄지가 위치했다.

"칼에 의한 자살이라면 우리 부검의들에게 몇 가지 고려 사항이 있습니다. 그중 최고의 우선순위는 칼에 의한 상처가 스스로 찌를 수 있는 부위인가 하는 점이죠."

"스스로 찌를 수 있는 부위……."

판사가 메모를 시작했다.

"거기에 더해 가해의 자세가 자연스러운가 어색한가를 고려합니다. 스스로 가해하기 어려운 부위를 찔렀다면, 혹은 찌르는 자세가 어색했다면 타살의 가능성은 높아지죠."

"……."

"그 두 가지 조건에 다 들어맞는다면 자살 쪽이 높아지는 것이고……."

"……."

"여기서 말하는 어색하지 않은 곳이란 왼쪽 가슴, 복부, 목 등을 들 수 있겠죠."

"……."

"다시 말해서 스스로 가해할 수 있는 부위라면 칼자국이 어떻게 진행되었든 자살의 가능성을 배제할 수 없습니다."

"……."

"다음으로 칼날의 진행 방향을 고려합니다."

"진행 방향……."

"손을 축으로 삼아 칼자국이 자연스러운 방향인가를 봐야 하죠. 그럼 이 경우를 잠시 살펴볼까요?"

창하가 부검 사진을 집어 들었다. 왼쪽 가슴의 손상을 찍은 사진이었다.

"오른손잡이인 사망자가 왼쪽 가슴을 찔렀다, 그렇다면 칼날은 직각을 그리는 게 자연스럽습니다. 사진 속의 손상과 유사할 수 있겠네요."

"하지만 칼날의 방향이 문제가 되지 않습니까? 사망자가 칼을 잡은 자세를 고려하면 칼날은 안쪽인 게 자연스러운데 바깥쪽을 향하고 있습니다."

"잠깐만요, 제가 조금만 더 설명을 하겠습니다."

"아, 죄송합니다."

"자해 자살의 경우가 그렇다는 거고… 반대로 타살이라면 손상은 이보다 전후좌우로 움직이게 됩니다."

"……."

"마지막으로 참고할 것은 손상이 몹시 깊게 나오면 타살의 가능성이 높아집니다. 지르거나 뺄 때 자절창이 현저하게 크면 역시 타살의 가능성이 훌쩍……."

창하가 칼날을 짚어 보였다. 절반 이상이었다.

"……."

"이제 본격적으로 들어가 볼까요?"

다시 칼을 집어 든다. 사망자가 잡았던 그 자세였다.

"혹시 판사님이 칼에 대해 좀 아십니까?"

"전혀요."

"그렇다면 말입니다. 영화에서의 폭력범들… 서로 싸울 때 칼놀림 같은 건 보셨겠지요?"

"손으로 부리는 재주 말입니까?"

"예."

"그거야 영화니까……."

"영화가 맞지만 현실에서도 영화 이상의 일이 일어나기도 합니다. 영화가 현실이고 현실이 영화인 것이죠."

"……?"

"칼 말입니다. 누군가 칼을 잡으면 무엇을 찌를 때까지 영원불변의 자세일까요?"

"그건……."

판사 눈빛이 내려앉았다. 자신 없다는 표정이었다.

"맞습니다. 칼은 손 안에서 위치를 바꿉니다. 칼날이 오른쪽으로도 갈 수 있고 왼쪽으로도 갈 수 있습니다. 만약 두 사람이 실랑이 중이었다면 가능성은 더욱 높아지겠죠?"

"……."

"다른 가능성도 얼마든지 존재합니다. 손목의 구조나 습관, 옷에 닿는 순간에 각도가 바뀐다든지……."

"……."

"사람은 로봇이 아닙니다. 로봇이라면 하나의 각도 아래서 이루어지겠지만 사람은, 몸의 신축성과 유연성, 상대방이라는 상황에 따라 몸의 궤적이 달라집니다."

"……."

"결론으로 들어가자면 사망자는 177㎝의 키에 건장한 체격이었고 여자는 159㎝입니다. 마주 서서 실랑이를 벌이던 중에 사고가 일어났고… 자창의 넓이는 3.1㎝, 찔린 깊이는 18㎝. 각도는 거의 수평을 이루고 칼날의 방향은 바깥쪽을 향하고 있었다. 마지막으로 칼은 심장을 찌른 채 얌전하게 빠져나온 상태……."

꿀꺽!

판사의 목으로 마른침이 넘어갔다. 긴장의 순간이었다.

"그 전에……."

창하가 잠시 주의를 돌렸다.

"혹시 아이에 대한 자료는 없습니까?"

"아이요?"

"대여섯 살 아이가 있었다면서요?"

"아, 하지만 그 아이는 방 안에 있어서……."

"비명을 질렀다고 했습니다. 그렇다면 아이가 문을 열고 보지 않았을까요?"

"검찰과 변호인 쪽에 크로스로 체크해 보겠습니다."

"제가 아이를 거론하는 건 상황의 변화에 대한 가정 때문입니다. 아까 듣자니 사망자가 아내에게 폭력을 행사해도 아이는 때리지 않았다고 하던데……."

"참고인들 진술서를 보니 사망자가 편부 슬하에게 맞으며 자랐답니다. 그래서 그 자신, 죽어도 애들은 안 때릴 거라고 맹세하며 자랐다더군요."

허얼.

듣자니 한숨이 나왔다. 아들 대신 아내? 아내는 때려도 된단 말인가?

"부검은 여러 상황을 고려해야 합니다. 단순히 칼로 사람을 찔렀다. 누가 찔렀냐로 접근하면 범인을 특정하기 어려워집니다. 그것보다는 그때의 상황, 현장의 조건 등이 더 중요할 때도 있죠."

"……."

"제 생각에는 이렇습니다. 부부가 실랑이 중에 아이가 문을 열고 빼꼼 내다봅니다. 사망자 시선과 정면이었을 것 같습니다. 아들과 눈이 마주친 아버지, 팔에 힘이 빠지며 손에 든 칼을 아내에게 뺏기고 맙니다. 아마도 아내는 남편을 멀리 밀쳐 낼 생각이었겠죠. 그런데 당황한 나머지 자칫 칼이 들어가 버린 겁니다. 칼이 수평으로 들어간 이 부위, 하필이면 작은 힘으로도 깊이 찔리는 곳입니다. 칼날이 바깥쪽을 향하고 있다는 건 역시 남편을 죽일 생각이 없다는 겁니다."

"그렇다고 해도 18㎝나 들어간 건요? 죽이겠다는 의지 아닙니까?"

"방금 말씀드렸지만 칼이 쉽게 들어가는 부위입니다. 강하게 밀쳐내려는 힘 정도의 작용으로도 15㎝는 문제없습니다. 그건 다른 법의학자들에게 확인받으셔도 됩니다."

"그럼 비명은요? 칼에 찔리면 비명을 내는 게 순리 아닌가요?"

"대다수의 경우에는 비명을 내죠. 비명이 없다면 자해로도 이해할 수 있습니다. 하지만 아이라는 변수가 있습니다. 그 잠시 잠깐, 아이 때문에 멈춘 사망자의 폭력성. 그 순간에 엉키고 엉킨 자세에서 부지불식간에 칼이 들어왔다면……."

"……"

"……"

"결국 자해 자살도 살인도 아닌 우발적인 사고?"

"그래서 자절창이 작은 겁니다. 얼떨결에 들어갔다가 얼떨결에 나와서… 만약 아내가 남편을 죽여야겠다는 의지로 찔렀다면 자절창은 거칠게 형성이 되었을 겁니다. 폭력 남편, 덩치가 큰 사람. 죽기 살기로 찔렀을 테니 찔린 내부도, 뽑힌 자국도."

창하가 내민 건 사망자의 가슴 손상 사진이었다.

"아내는 공황이었겠죠. 어쩌면 지금도 자기 자신이 찌른 걸 모를 수도 있습니다. 너무 순식간에 일어난 일이라서 말입니다."

"맙소사."

"판단은 판사님 몫이겠죠. 제 조언이 도움이 되었으면 좋겠습니다."

"도움이 됩니다. 필터 없이 맨 눈으로 본질을 본 기분이에요. 이 사건을 이런 각도로 볼 수도 있는 거였군요?"

이 판사가 흔쾌한 표정을 지었다. 판결에 대해서는 관심을 갖지 않았다. 살인 도구인 칼이 생물이라면 판결도 생물이었다. 선고가 나기 전까지는 이런저런 변수들이 작용하는 것이다.

"큰 신세를 졌습니다."

판사가 손을 내밀었다.

"부검이라면 언제든 방문을 환영합니다."

창하가 답했다. 부검의 존재 이유는 단순히 사인규명에 있는 게 아니다. 그렇게 규명된 사인이 바른 판단으로 적용되어야 했다.

'판사들은 어떤 판결을 내릴까?'

이런 궁금증조차도 창하에게는 피가 되고 살이 되고 있었다.

제5장
—
국대 검시관의 절대 포스

"이창하 선생님."

부검이 모두 끝난 이른 오후 채린이 찾아왔다. 국과수도 드
물게 한가한 날이 있다. 오늘이 그랬다. 하지만 경찰에게는 최
악의 날이었다. 인천공항에 폭발물 신고가 들어온 것이다. 이
틀 후면 미국 대통령이 날아온다. 정병권의 취임을 축하하고
새로운 한미 관계를 열려는 신호였다.

세계를 양분하고 있는 미국과 중국. 그 나라의 정상이 오는
것이니 국빈맞이로 정신없는 인천공항. 거기 폭발물이 심어졌
다고 하니 경찰에 비상령이 떨어진 것이다.

"장난 전화였어요."

그녀는 공항에서 돌아오는 길이었다. 공항 전체를 수색했지만 수상한 물건은 나오지 않았다. 폭발물 신고는 대개 장난 전화가 많았다. 그러나 사안 자체가 심각하니 무시할 수도 없는 일이었다.

"위로 커피나 한잔 얻어 마시고 가려고요. 될까요?"

채린이 웃었다.

"무한 리필도 가능합니다."

사무실로 데려간 창하가 커피를 건네주었다. 새로 내린 커피였다.

"바쁘신데 민폐는 아닌가 모르겠어요."

"민폐라고요? 고생하시고 오신 분을……."

"요즘도 부검 많죠?"

"예. 그래서 공채에 기대했는데 아시다시피 올해도 지원자가 꼴랑……."

"한 명이었다죠? 본원에?"

"그렇다네요."

"으음, 검시관 연봉을 세 배쯤 올려줘야 하는데……."

"연봉도 문제지만 프라이드를 올려줘야 합니다."

"프라이드요?"

"시신 해부가 아니라 망자를 위한 명의? 뭐 그런 식의 인식 변화가 필요해요."

"대통령 만나셨다던데 건의하시지 그랬어요?"

"오, 소식 빠르시네요?"

"왜 이러세요? 청와대에도 우리 식구들이 나가 있거든요. 이 선생님이 다녀간 건 보안 사항도 아니고⋯⋯."

"이럴 줄 알았으면 차 팀장님 승진 좀 시켜달라고 말할 걸 그랬습니다."

"흐음, 기왕이면 저보다 우리 배 경위나 은 경사 얘기 좀 하시지 그러셨어요?"

"다음에 또 기회가 오면 꼭 그렇게 하겠습니다."

"농담 그만하시고요, 요즘 빡센 부검 많이 하셨던데요?"

"그런 것도 꿰고 있는 겁니까?"

"이 선생님이시잖아요? 선생님이 부검한 건 다 돌려보고 있어요."

"으음, 부담 백배⋯⋯."

"언제 한번 오세요. 배 경위하고 은 경사가 식사 한번 모시고 싶다고 하더라고요. 부검 사인 볼 때마다 존경스럽다고⋯⋯."

"그럼 제가 쏴야겠네요. 그런 칭찬이라면⋯⋯."

"내일 저녁 어때요?"

"미국 대통령이 오는데 괜찮겠어요?"

"저녁 정도는 가능해요. 어차피 경비 경호 팀이 고생할 일이니까요."

"그럼 퇴근길에 뵙기로 하죠. 특별한 사건만 안 생긴다면……."

"약속한 겁니다."

채린이 일어섰다. 언제 봐도 활기찬 엘리트 경찰. 돌아가는 길의 운전 솜씨도 매끄럽기만 했다.

다음 날 오후, 창하가 부검실에서 나왔다. 이번 부검은 연탄불로 자살한 커플의 시신이었다. 각각 78%에 달하는 일산화탄소 헤모글로빈이 검출되었다. 특이한 건 둘이 손을 꼭 잡은 채 사망했다는 것. 사연을 들으니 생활고에 시달리던 동거 커플이었다. 그 와중에 여자가 1천2백만 원의 사기를 당하며 월세 보증금을 날리게 되자 희망의 끈을 놓고 생명 줄을 잘라버린 것이다.

'늦지는 않았네.'

시계를 본 창하가 안도했다. 직전 부검에서 실험할 일이 생겨 시간이 지체된 것이다. 자칫하면 채린과의 약속에 늦을까 싶었는데 마지막 부검이 잘 마무리되었다.

모처럼 칼퇴근이다.

부검복을 벗고 샤워를 했다. 시신과 일상을 지내는 창하. 자칫하면 시취가 날 수 있었다. 여자들을 만나는 일이니 매너부터 챙겨야 했다.

시계가 퇴근 시간 10분 전까지 달려갔다. 약속 장소가 광화문 쪽이라 도로 상황을 체크했다. 그때 원빈이 다급하게 뛰어

들어왔다.

"선생님."

얼굴은 밀가루처럼 완전 창백하다. 엄청난 사건이 터진 모양이었다.

"속보 보셨어요?"

목소리까지 떨리고 있다.

"속보요?"

"보세요."

그가 텔레비전을 틀었다. 채널을 이리저리 옮기니 속보가 나오기 시작했다.

「88올림픽대로 잠실 방향 진입구 초강력 폭발 사건 발생」

주먹만 한 자막이 먼저 시선을 차고 들어왔다.

폭발 사건?

단어만으로도 화면 속으로 빠져드는 창하였다.

—속보입니다. 조금 전 잠실에서 여의도 방향 88올림픽대로 진입구 음주단속 현장에서 강력한 폭발 사건이 일어나 관광버스에 탑승해 인천공항으로 가려던 중국인 관광객과 운전기사 등 6명이 사망하고 버스 승객과 음주단속 중이던 경찰관 4명, 시민 20여 명이 중경상을 입고 긴급 후송되었습니다. 이 폭발

은 롯데타워는 물론, 인근 2km 미터 이내의 건물을 흔들 정도로 강력했으며 경찰은 어제 인천공항 폭발물 협박과 이 사건의 관련 여부에 촉각을 곤두세우고 있습니다.

"……!"

창하의 미간이 멋대로 구겨졌다. 한국에서는 좀처럼 보기 힘든 폭발물 사건, 테러의 가능성까지 있었다.

"이 선생."

피경철이 들어왔다.

"소장님."

"뉴스 보고 있었군?"

"이게 대체 무슨 일이랍니까?"

"글쎄 말이야. 보아하니 시신이 참담할 것 같은데 아무래도 현장 요청이 오지 않겠나?"

"그럴 것 같습니다."

바로 그때 책상의 전화기가 울렸다.

—이 선생님.

채린이었다. 차분하지만 전운이 감도는 목소리였다.

—오늘 약속 기억하시죠?

"속보 못 봤습니까?"

—봤죠. 그래서 약속 장소를 좀 옮기려고요.

"팀장님."

—죄송하지만 우리 센터장님 공식 요청입니다. 사건 현장으로 좀 와주시겠습니까? 인근 지구대에 인도 요청을 해놓았습니다.

"그거 괜찮은 제의인데요?"

—그럼 현장에서 뵙겠습니다.

채린이 통화를 끊었다. 그러자 국과수 입구 쪽에서 경찰 차량의 경광등 소리가 요란하게 들렸다. 창하가 차를 향해 뛰었다.

"이창하 검시관님?"

경찰차에서 내린 경찰이 물었다.

"예. 출발하세요."

창하가 바로 시동을 걸었다.

"나도 가네."

피경철이 조수석에 올랐다. 경찰차가 앞서자 차량 두 대가 그 뒤를 따랐다. 창하 차에 이은 국과수 현장감식 차량이었다.

폭발은 어마어마했다. 올림픽대로에 들어서기 무섭게 연기 기둥이 보인 것이다.

도로는 엉망이었다. 경찰이 쏟아져 나와 통제하고 있지만 폭발로 엉긴 차량이 너무 많았다. 음주운전 단속으로 차량들이 몰려 있던 것도 피해를 키웠다.

경찰의 도움으로 현장 가까이 접근했다. 차에서 내리기도 전에 매캐한 화약 냄새가 진동을 했다.

"······!"

마침내 현장에 발을 디뎠다. 부상자는 어느 정도 이송된 상태지만 잔해가 어지럽기는 쑥대밭과 다르지 않았다.

"팀장님."

멀리 보이는 채린에게 다가섰다. 그녀는 경찰청 과학수사팀을 진두지휘 중이었다.

"오셨군요?"

"시신 수습부터 해야겠죠?"

상황을 보고 할 일을 알았다. 폭발물이 터진 버스에 탑승했던 사람들의 시신 일부가 날아가 버린 것이다. 현장감식반만 해도 200여 명. 그들은 폭발 버스를 반경으로 사방을 체크하고 있었다.

"얼마나 훼손이 된 거죠?"

"보시죠."

그녀가 옆에 있던 시신들을 가리켰다. 붉은색으로 보인 건 혈흔 때문이었다.

'······!'

창하 뒤에 있던 피경철이 짧은 신음을 터뜨린다. 대참상이었다. 버스 앞쪽의 시신들은 군데군데가 터져 나가고 없는 상태였다. 타다만 살점과 눌어붙은 머리카락 노린내가 코를 찌르고 들어왔다.

누구는 무릎 아래가 날아갔고 또 누구는 팔이 떨어져 나갔다. 허벅지도 터져 나가고 골반은 너덜너덜. 심한 사람은 가슴의 자상에 더해 뇌수가 흘러나와 있으니 차마 바라보기 어려울 정도였다.

"부탁합니다."

그녀의 말은 그게 전부였다. 얼굴은 비장하다 못해 전율까지 느껴진다. 상황이 상황이다 보니 대검 과학수사 팀도 보였다.

"부상자는 경찰과 119 구조대에게 맡기고 우리는 사체 수습부터입니다. 살점이나 뼈, 뭐든 주의를 기울여 주세요."

창하가 국과수 직원들에게 소리쳤다. 그런 다음 라텍스 장갑을 끼고 폭발 위치에 섰다. 가만히 주변을 둘러본다. 폭발의 파편과 소방차의 화재 진압으로 엉망이 된 도로. 부상자들의 피까지 더해지니 지옥의 아수라도가 따로 없었다.

거기서 폭발을 읽는다. 버스의 유리창은 오직 운전석 쪽만 열려 있었다. 폭발은 차량 앞쪽에서 일어났다. 차량의 하부보다 앞문 쪽이 더 처참한 것으로 보아 오른쪽 앞좌석 아래에서 터졌다.

"이쪽 반경입니다."

창하가 국과수 팀을 이끌었다. 혈흔의 분석처럼 폭발 반경을 읽어 사체의 파편이 날아간 방향을 찾아낸 것이다. 국과수 직원들이 일사불란하게 움직이기 시작했다. 살점을 찾아내고 뼛조각을 집어 들었다. 창하는 그걸 가지고 시신의 형태를 맞추었다. 퍼즐 맞추기가 따로 없었다.

사체 파편 수색은 3중 탐색으로 진행했다. 국과수 팀이 빠지면 대검 팀이 들어가고, 다음으로 경찰 팀이 마무리를 하는 것이다. 그렇게 4시간을 진행한 끝에야 폭발물에 인접한 두 시신의 대략적인 수습을 끝내는 창하였다.

　사망 8명.
　중경상 32명.

　사망자가 늘어났다. 전쟁보다 처참한 현장이었다.
　닥터헬기가 인근 한강 둔치에 내리고 119와 앰뷸런스들도 미친 듯이 환자를 실어 날랐다. 유례가 없는 폭발 사건. 미국 대통령의 방한을 앞둔 시점에 외국인들의 피해라는 이슈가 겹치면서 정부에 초비상이 걸리게 되었다.

　—IS의 소행이다.
　—북한의 소행이다.

　추측이 만발했다.
　정부는 촉각을 곤두세웠고 국과수 또한 그 폭풍의 중심에서 자유롭지 못했다. 밤을 넘기면서 사망자는 12명으로 늘어났다. 그러나 단속 중이던 경찰관 한 명을 제외하고는 부검에 손을 댈 수 없었다. 11명 모두 중국인이었으니 중국 정부의 양해가 필요한 일이었다.

그럼에도 국과수는 눈코 뜰 새가 없었다. 시신의 파편 때문이었다. 멋대로 조각난 것들을 두고 퍼즐처럼 주인을 찾아야 했다. 유전자분석 팀은 밤을 새웠고 법인류학 팀과 이공학 팀도 숨 쉴 틈이 없었다. 법인류학에 능통한 창하 역시 예외는 아니었다.

"이 선생."

해가 뜨자 권우재가 창하를 불렀다.

"소장님 방으로 가보게."

긴말도 없이 창하 등을 밀었다. 국과수 주차장은 만원이었다. 정부 관계자를 시작으로 경찰과 검찰, 기자들이 만원을 이루고 있었다. 그 가운데 선명한 국기 하나가 보였다. 아침 햇살에 석류 알처럼 빛나는 붉은빛은 오성홍기였다.

'중국 측 인사가 온 모양이군.'

창하 생각이었다.

정부와 중국 정부는 신경전을 벌이고 있었다. 사고 원인 규명을 위해 부검이 필요하다는 한국 정부. 사건 정보 일체를 제공받기 전에는 동의할 수 없다는 중국 정부. 둘의 대립 속에서 시간만 흘러가는 실정이었다.

"……!"

소장실 문을 연 창하가 시선을 멈췄다. 본원 원장까지 와 있었다. 그 옆자리에 낯선 사람이 앉아 있다. 통역과 무관을 대동한 중국 대사였다.

"인사하시게. 중국 대사님이시네."

피경철의 목소리가 무거운 침묵을 밀어냈다.

꾸벅.

고개를 숙여 예를 표했다.

"리팅옌이오. 중국어를 할 줄 안다고 들었소."

대사가 창하를 보며 말을 이었다. 무게감이 실린 중국어였다.

"오동티안을 아시오?"

"예."

창하가 답했다. 미궁 살인으로 중국에 갔을 때 중국 공안
을 지휘하던 사람이었다.

"그분 말이 당신이 부검을 맡는다면 수락하라고 하셨소."

"고맙습니다."

"다른 사람은 안 되오. 오직 당신!"

"알겠습니다."

"조건이 더 있소."

'조건?'

"밖에 우리 본국에서 날아온 부검의가 대기 중이오. 그의
지시를 받아야 하오."

지시.

불편한 단어가 나왔다.

"지시란 무슨 뜻인지요?"

창하가 되물었다.

"부검의 진행과 과정, 술식 등 전반적인 지도 지휘 감독을 뜻하는 것이오."

대한민국 국과수 안에서 하는 부검에 대해 다른 나라 부검 의의 지도 지휘 감독?

미친 생각이 아닐 수 없었다.

＊　　　　＊　　　　＊

"진행과 과정에 대해 일일이 허락을 받으라는 것입니까?"

창하도 모르게 목소리가 튀었다.

"그렇소. 사인의 결정과 발표도 우리가 동의한 후에만 해야 할 것이오."

"대사님."

원장이 대화를 타고 들어왔다. 그건 결코 용인할 수 없는 일이었다. 부검의 결정은 부검의가 한다. 그렇지 않다면 환자 의 진찰은 A 의사가 하고 진단은 B 의사가 내는 꼴이었다. 여 기는 대한민국 국과수. 중국이 좌우할 수 있는 곳이 아니었다.

"본국의 결정 사항이오. 한국 측에서 불손한 의사가 없다면 받아들이지 못할 이유가 없소. 이건 우리 중화민국인들의 일 이니까."

"그러시다면 대사님."

창하가 입을 열고 나섰다.

"뭐요?"

"제가 잠시 전화 한 통을 써도 되겠습니까?"

"그거야 마음대로 하시오."

대사가 수락하자 핸드폰을 뽑았다. 원장과 소장에게 예를 갖추고 번호를 눌렀다.

톡톡토독.

열한 자리 국내 번호가 아니었다. 열여섯 자리를 눌러대는 국제전화를 쓴 것이다.

뚜뚜뚜.

불협화음에 이어 멘트가 나왔다.

—통화 중이오니 잠시 후에…….

숨을 고르고 다시 재발신을 눌렀다. 그제야 신호가 가기 시작했다.

—여보세요?

묵직한 중국어가 흘러나왔다.

"라오서 님, 저 한국 국과수의 이창하 검시관입니다."

창하도 중국어로 통화를 이어 나갔다.

"……?"

라오서. 그 이름에 먼저 반응한 건 중국 대사와 무관이었다.

"저를 기억하십니까?"

—그야 물론이지요.

"어제 한국에서 일어난 폭발 사고는 유감스럽게 생각하며 불의에 희생된 중화민국 인민들에게 애도를 보냅니다. 저 역시 신속하게 출동해 사망자들 유해를 수습했습니다만……"

"……!"

대사의 촉은 미친 듯이 출렁거렸다. 라오서. 그가 누구인가? 현재 주석의 임기가 끝나는 몇 달 후에 새로운 주석으로 내정될 정도로 살아 있는 권력이었다. 중국 대사도 함부로 범접할 수 없는 그 권력에 한국의 검시관 따위가 핫라인을 가지고 있다니?

'이게 무슨?'

대사의 눈과 머리에 일어난 지진은 광속으로 번져 나갔다.

"중국 대사께서 저희 국과수에 와 계십니다. 제 생각에는 한시 바삐 부검이 이루어져야 폭발 원인에 대한 규명이 빨라질 텐데 양국의 입장 차이가 부검 현장에서도 재현되는 실정입니다. 어차피 제게 맡기는 일이라면 최선을 다해 원인 규명을 할 수 있도록 중국 측에서 지지와 지원을 해주시면 고맙겠습니다."

—……

"제 생각이 틀렸습니까?"

—아니오. 우리 대사를 바꿔주시오.

"받으시죠."

라오서의 답이 나오자 창하가 중국 대사에게 핸드폰을 넘졌다.

자리에서 일어난 대사는 부동자세로 전화를 받았다. 그의 통화음은 단 세 번에 불과했다.

"예, 예. 예."

통화를 끊은 그는 사색이 되어 있었다. 창하의 파워에 엄청 난 충격을 받은 것이다.

"당신이 우리 상무위원도 아시오?"

떨리는 목소리로 그가 묻는다.

"예."

창하는 한마디로 답했다.

"……."

"……."

"당신에게 부검에 대한 전권을 넘기라고 하시오. 중국에서 온 부검의는 당신의 부검에 협조만 하게 될 것이오."

"이제 부검에 임해도 되겠습니까?"

"그렇게 하시오. 단, 메인 부검의는 당신, 한국 측 부검 조력 자는 한두 명으로 국한해야 할 것이오."

옵션이 걸리긴 했지만, 중국 대사의 태도는 완전하게 바뀌어 있었다.

"그럼 한시가 바쁜 관계로 이만."

창하가 일어섰다. 돌아서는 등 뒤로 쏟아지는 원장과 소장의 눈길이 뜨거웠다. 안하무인이던 중국 대사에게 한 방 제대로 먹인 것이다.

여기는 국과수. 국과수 안에서 대한민국 부검 에이스가 타국 부검의의 지시, 감독을 받는다는 건 있을 수 없는 일이었다.

"우 선생님, 천 선생님."

복도로 나온 창하가 어시스트들을 바라보며 지시를 내렸다.

"다른 선생님들 전부 동원해서 부검 준비하세요. 중국 측의 수락이 떨어졌습니다."

"와우!"

원빈이 쾌재를 불렀다. 속절없는 기다림을 창하가 해결한 것이다.

"어떻게 되는 겁니까? 부검이 진행되는 겁니까?"

"중국 부검의들이 부검을 주도하게 된다는 말이 있던데 사실입니까?"

"이창하 검시관은 부검에 참여하지 않습니까?"

밖으로 나오자 기자들이 벌 떼처럼 달려들었다. 그들 앞에는 채린과 장혁도 있었다. 검경도 초비상인 상황이었다. 그들 틈으로 중국 부검의 둘이 등장했다.

"이 선생."

그들이 먼저 인사를 해왔다. 미궁 살인 문제로 만났던 중국 법의학연구소 원장 장궈홍이었다. 가벼운 인사로 그를 맞았다.

"기자들이 궁금해하는군요. 본국의 언질을 받으셨다면 직접 말씀해 주시겠습니까?"

창하가 원장의 등을 밀었다.

"제가요?"

"부검받을 사람들이 중국인이니 그러서도 됩니다."

"……."

잠시 황망해하던 장귀홍이 기자들 앞에 나섰다.

"부검은 여기 이창하 선생의 집도로 진행될 것입니다."

중국어였다. 알아듣는 기자들은 알아듣고 그렇지 않은 기자들은 옆 사람에게 묻느라 정신이 없었다. 그 틈에 창하는 부검실로 향했다.

"선생님."

채린이 복도까지 쫓아왔다.

"추가 사망자 나왔습니까?"

"아직은요. 현재 상황으로 봐서는 한 명, 아니면 없을 것 같습니다."

"경찰 측 조사 결과는요?"

"버스에 탑승하고 있던 관광객 중의 한 명이 IS와 접촉한 사실이 있습니다."

"사망자인가요?"

"그렇습니다."

"폭탄은요?"

"분석 결과 다이너마이트 계열로 알람 시계에 배터리를 연결한 것으로 나오고 있습니다. 폭발물 잔해 속에서 시계 조각도 나왔고요."

"다이너마이트요?"

"폭발 강도로 보아 8개에서 12개 정도를 연결한 것 같답니다."

"미국 대통령을 노린 건가요?"

"치밀하게 준비한 것으로 보아 그럴 가능성이 높습니다. 버스 안에 장착된 CCTV도 저장장치를 빼버렸더군요. 회사에서는 그럴 리 없다고 하는 것으로 보아 범행 은폐를 위해 누군가 고의적으로 손을 댄 것 같습니다. 그나마 인접한 아파트에 피해가 없기를 천만다행입니다."

"나머지는 제 몫이로군요?"

"부탁합니다."

이글거리는 그녀의 이마에 잡티가 보였다. 피떡이었다. 현장을 누비다 달려온 모양이다. 그렇기에 세수조차 할 여유가 없었던 것이다.

"식사는 했어요?"

피떡을 떼어주며 창하가 물었다.

"……."

"이 검사님."

시선을 장혁에게 돌렸다.

"예."

"무려 열두 명입니다. 일반적인 부검이라고 해도 각각 1시간은 걸려요. 하지만 상황이 상황이다 보니 언제 끝날지 알 수 없습니다."

"······."

"제 말은 우리 차 팀장님, 밥 좀 먹이시라고요."

"······."

"부검은 제가 합니다. 괜히 같이 종종거릴 거 없어요."

장혁의 팔뚝을 쳐주고 돌아서는 창하. 뚜벅뚜벅 걸어가는 모습은 거인의 그것과 다르지 않았다.

"차채린, 그거 아냐?"

장혁이 중얼거렸다.

"뭐?"

"내가 말이야, 검시관을 존경하게 되었다는 거. 지금 저 모습은 마치 지구를 구하러 가는 영웅처럼 보이지 않냐?"

"절대 동감."

"그럼 영웅의 지시에 따라야겠지?"

"······."

"가자. 나 나중에 영웅에게 잔소리 듣기 싫거든."

장혁이 채린을 잡아끌었다. 장혁에게 끌려가면서도 채린은 몇 번이고 돌아보았다. 그녀의 눈에 담긴 비원은 하나였다.

'이 선생님, 힘내주세요.'

창하가 부검실로 들어섰다. 중국 부검의들과 길관민이 그 뒤를 이었다. 소예나는 현장에서 남은 시신 파편을 찾는 중이었고 나도환은 일상 사건의 부검을 맡았다.

그나마 다행인 건 다른 부검이 줄었다는 것. 희한하게도 대형 사건이 나면 크고 작은 살인과 주검의 부검 의뢰가 줄어드는 경향이 있었다.

열두 시신을 둘러본 창하가 두 시신 앞에 섰다. 가장 손상이 큰 시신이었다. 이 두 시신은 무려 20미터를 날아가 처박혔다. 하반신은 거의 날아갔다. 팔목도 간신히 붙어 있을 정도였다.

"이 둘이 폭탄과 직접 관련이 있는 것 같습니다."

창하가 장궈홍 원장을 바라보았다. 그는 침묵으로 동의를 표했다. 두 시신부터 CT실로 옮겼다. 원래는 이미 촬영이 끝났어야 할 일. 그러나 부검 절차와 형식에 대한 중국 측의 이견으로 이제야 실행하게 되는 것이다.

"CT 나왔습니다."

방사선사가 촬영 완료를 알렸다. 신기하게도 몸에 박힌 파편은 별로 없었다. 나머지 사망자 중에는 외형상 중상으로 보이지 않는 사람이 여럿이었다. 그럼에도 불구하고 심장과 폐 부근에는 다량의 출혈 소견이 보였다.

"폭발의 충격이 치명타였습니다. 고성능 폭탄이 떨어질 때 흔히 보이는 현상이죠. 오픈해 보면 심장과 폐에 엄청난 손상을 입었을 겁니다."

창하가 말했다. 이 말은 잠시 후에 고스란히 입증이 되었다. 대다수 사람들은 심장과 폐의 대미지 때문에 죽었다. 일부는 질식사였다.

효율적인 부검을 위해 팀을 둘로 나눴다. 나도환과 중국 부검의가 한 조가 되고 창하와 장귀홍이 한 조가 되었다. 창하는 폭탄이 코앞에서 터진 것으로 보이는 두 시신부터 맡았다.

"독성 분석 나왔습니다."

원빈이 화면을 가리켰다. 장귀홍과 함께 확인을 했다. 지시 따위는 허락할 수 없지만 부검 과정을 숨길 생각은 없었다. 독성물질 검출은 없었다. 알코올은 일부 사망자에게서 나왔다. 관광 일정 후에 중국 귀환을 앞둔 사람들. 술 한두 잔 마신 게 이상할 것도 없었다.

'후우.'

심호흡을 하고 첫 시신의 외표 검사에 들어갔다. 눌어붙고 타버린 옷부터 제거했다. 그러자 오른쪽 어깨 아래에 표식 하나가 보였다.

"……!"

창하가 움찔 흔들렸다. IS 표식이었다.

"……!"

원빈과 광배의 눈빛도 함께 흔들렸다.

찰칵!

카메라가 돌아갔다.

시신은 오른쪽이 처참했다. 오른쪽 허벅지 아래는 어디론가 사라졌고 팔도 흔적만 남았다. 등에도 상처가 있었지만 이건 폭발의 손상이 아니라 멀리 날아가 추락할 때 생긴 2차 손상이었다.

두 번째 시신 역시 오른쪽이 문제였다. 그러나 첫 시신에 비해서는 훨씬 양호했다. 그는 운전기사였다. 이로써 폭발물은 첫 시신의 좌석 오른쪽 하방에서 터졌다는 결론을 얻었다.

남자는 20대 중반이었다.

'혼자 앉았다.'

창하는 상황을 알았다. 만약 둘이 앉았다면 이 사람에 버금가는 손상을 입은 사람이 있어야 했다. 만약 폭발물이 두 사람 중간 지점의 하방에 있었다면 그는 몸의 왼쪽이 날아갔을 것이다.

두 번째 시신에 집중했다.

상처투성이인 가슴을 여니 역시나였다. 심장과 폐에 엄청난 출혈 소견이 보였다. 머릿속의 뇌 역시 절반 가까이 녹아버렸다. 그야말로 즉사였다.

끔찍한 외표를 보면서 폭발물을 짚어갔다.

"버스 사진 좀 부탁해요."

창하가 말하자 원빈이 바로 준비를 갖췄다. 전소된 버스가 나왔다. 창하가 원하는 건 바닥이었다. 버스의 첫 번째 오른쪽 좌석. 그걸 보면서 폭발의 패턴과 차 골조의 손상, 시신의 손상을 그려 나갔다.

'버스 하체가 아니라 의자 아래……'

퍼즐이 맞춰지기 시작했다. 사망자는 폭탄을 오른발 옆에

놓고 있었다. 손이 폭발물과 가까웠다. 그래서 오른발과 손목이 깔끔하게 날아간 것이다. 옆자리를 비워두었다는 건 그게 폭탄인 줄 알고 있다는 뜻이기도 했다. 그것은 곧 그가 테러를 꿈꿨거나 테러 집단의 사주를 받았다는 의미였다.

콰앙.

폭탄은 코앞에서 터졌다. 사망자의 자세는 상체를 숙인 상태였다. 비교적 손상이 없는 복부는 그래서 가능했다. 숙였기에 대미지를 덜 받았다. 대신 턱과 목이 그 충격을 받아먹었다.

「오른쪽 맨 앞좌석 승객의 오른발 옆.」

폭탄의 위치는 밝혀졌다.

이제 왜 폭발했는가를 밝혀야 했다.

폭탄은 배터리와 시계를 조합한 전선으로 연결되어 있었다. 배터리와 시계 조각의 잔해는 이미 경찰이 확보를 했다. 폭발물 전문가들의 분석도 뒤따를 일이었다. 버스는 인천공항으로 가던 길이었다. 그런데 왜 잠실 부근에서 터졌단 말인가? 게다가 진입하기 직전이었다.

그렇다면 아무래도 사고로 봐야 했다. 버스 승객의 살상이 문제였다면 굳이 이 지점일 필요가 없었던 것이다.

"그럴 수 있겠군요."

장귀홍이 답했다. 폭발물의 위치와 함께 폭발에 대한 의견도 일치하게 되었다. 다시 화면을 열었다. 참사 현장에서 찾은 배터리와 시계의 잔해가 보였다. 두 제품의 생산국은 아이러니하게도 중국이었다.

「C… na」

배터리 앞뒤로 남은 생산국의 영문 공백이 그것을 대변하고 있었다.

그사이에 열 시신에 대한 부검도 끝을 향하고 있었다. 그들의 손상은 거의 유사했다. 심장과 폐가 터지거나 질식사였다.

'이것……'

창하가 생각에 잠긴다. 배터리와 알람시계로 연결한 다이너마이트 종류의 폭탄이다. 폭탄은 터졌다. 첫 시신이 터뜨린 작품이 아니었다. 관광버스 뒤편에서 생존한 사람들 중 누구도 그런 징후를 알지 못했다. 결론은 돌발이었다.

"IS 표식과 폭발물의 버스 내 폭발 위치에 대해서는 공표를 하겠습니다."

창하가 장귀홍에게 말했다.

"그래야 범인 특정에 더불어 수사에 속도가 붙을 수 있습니다."

"그럽시다."

창하의 분투를 지켜본 원장, 군소리를 달지 않았다.

"선생님."

장혁과 채린이 들어왔다. 중간 결과를 알려주었다.

"IS?"

채린과 장혁 표정이 굳었다. 중국인을 노린 테러로 판단하고 있던 수사 당국. 그렇기에 반티벳이나 반홍콩 문제와 연결되는 인물들까지 체크하던 차였다. 그런데 IS라니…….

"그나저나 왜 잠실 부근에서 터졌을까요?"

채린이 물었다.

잠시 고심하던 창하, 네 가지 가능성을 던져주었다.

─설정 미스?

─폭발 장치의 결함?

─제3자의 방해?

─주변 전자파의 간섭?

채린과 장혁에게 던져진 난제였다.

＊　　　　　＊　　　　　＊

폭발물 소유자는 사망했다.

폭탄은 터졌다.

IS는 다들 사건과는 달리 침묵했다. 다행히 미국 대통령 방한은 예정대로 진행되었다. 폭발물 장난 신고 전화가 몇 통 들어왔지만 잘 넘어갔다.

한국 수사 당국은 이중고를 앓고 있었다. 그러나 다행히 중국 정부 측의 압박은 더 이상 나오지 않았다. 장궈홍의 상세 보고도 수용이 되었다.

「부검의 이창하.」

부검 보고서에 적시된 창하의 이름이 신뢰를 받은 것이다.

중국 측이 용의자 신원 조회에 협조하면서 수사가 급물살을 타기 시작했다. 폭발물을 가지고 있던 용의자는 영국에 유학하던 학생이었다. 이후 대학을 중퇴하고 장기간의 중동 여행을 다녀온 후에 중국으로 돌아왔다.

항저우에서 출발한 37명 단체 관광에 참여했지만 아무래도 석연찮은 점이 많았다. 한중 경찰이 협력을 하니 영국에서의 그의 행적이 나왔다. IS를 지지하는 SNS를 건져낸 것이다.

사진 중의 한 장면에서는 다이너마이트를 들고 있었다.

「영국 화학공학도와 함께 만든 진짜 다이너마이트.」

흘림체 자막까지 선명했다.

그리고… 더욱 결정적인 다음 사진…….

「지도자의 복수를 하겠다.」

충성의 맹세를 하는 사진은 최근 사망한 IS의 지도자 모습이었다. 사건의 얼개가 제대로 잡히기 시작했다.

중상자 중에서 추가 사망자는 나오지 않았다. 한국에서 일어난 초유의 폭발물 사건. 정병권 대통령이 직접 나서 의료진을 독려했으니 명의들이 총동원되어 중상자들을 살려낸 것이다.

"선생님."

이른 오후에 채린이 창하 사무실로 찾아왔다.

"팀장님."

중국인들 부검을 재검토하던 창하가 채린을 맞았다.

"힘드시죠?"

그녀가 물었다.

"아닙니다. 제 일은 거의 끝난 거라서… 폭발물은 어떻습니까?"

"이게 원주 본원과 서울 국과수 폭발물 분석 팀, 군과 대검, 저의 팀까지 총동원되었는데도 쉽지가 않네요."

"폭발물은 어떻게 들어온 걸까요?"

"저희 판단으로는 제조법을 익힌 후에 한국에 들어와 사제로 만든 것으로 보고 있습니다."

"사제요?"

"뭐, 불가능한 일은 아닙니다. 요즘 인터넷, 탱크와 전투기도 만들 수 있게 한다는 말이 있잖아요."

"……."

"선생님이 폭발 위치와 폭발 상황을 알려주었으니 이제 저희들 차례인데 참 막막하네요. 대체 폭탄은 왜 거기서 터진 건지… 아무래도 작동 실수일 것 같지는 않거든요."

"현장 파편과 부품으로는 분석이 안 되는 겁니까?"

"소소한 것들 외에는 남은 게 없어서요."

"이건 제 생각인데……"

"좋은 생각이라도 있으세요?"

"과거 미국 폭발물 사건 중의 하나인데 약간의 유사성이 있어서요."

"뭐라도 상관없습니다. 말씀해 주세요."

"무전기입니다."

"무전기요?"

채린이 고개를 들었다.

"만약 원격제어 기폭장치였다면 무전기의 영향을 받지 않았을까요? 당시 경찰이 음주운전 단속 중이었으니……"

"저희도 고려해 보았는데 폭발 당시 단속 경찰이 사용한 무전기의 전자파는 이런 부류의 폭탄에 큰 영향을 미치지 않는다고 합니다."

"경찰이 아닌 사람이 쓸 수도 있지요."

"경찰이 아닌 사람이라면?"

"우연의 일치라는 게 있지 않습니까? 마침 그곳을 지나는 차량 중에서 누군가 특별한 무전기를 사용했던지……"

"선생님, 요즘은 핸드폰이 있어서 무전기는 거의……"

"역시 그렇죠?"

창하가 어깨를 으쓱해 보였다. 괜한 제안을 한 모양이었다.

"잠깐만요. 그래도 한번 체크는 해볼게요. 선생님 말처럼 우연의 일치라는 것도 있을 수 있으니까요."

채린이 핸드폰을 뽑았다. 현장에 나가 있는 배 경위와 연결이 되었다.

"당시 사고 반경 안에 있던 차량들 전부 체크해서 무전기 사용 여부 좀 알아봐."

채린의 통화는 간단하게 끝났다.

"미안합니다. 괜한 의견으로 수사력만 낭비시키는 게 아닌지……."

"아니에요. 미궁 살인 때처럼 지푸라기라도 잡아야 하는 심정이거든요. 선생님 덕분에 부검은 대충 넘어갔지만 사건 경위에 대한 상세 수사 자료 내라고 중국 측에서 난리를 치고 있어요. 자칫하면 중국 경찰을 투입하겠다고 나올 기세거든요."

"예……."

"빨리 마무리하고 선생님께 밥 한번 쏴야 하는데요."

"그런 건 걱정 말고 분투하세요. 밥이야 제가 쏴도 되는 거니까."

"그럼……."

채린이 일어섰다. 이공학부에 들렀던 그녀, 소득이 없다 보니 혹시나 하는 마음에 창하를 찾아왔던 것이다.

"차 팀장님이네요?"

채린을 배웅하고 주차장을 나올 때 원빈이 다가왔다.

"예……."

"폭발 원인이 아직 안 나왔다죠?"

"그러게요."

"혹시 실수는 아닐까요? 이공학 팀에 물어보니 사제폭탄에 속한다던데 뭔가 좀 허접하게 만들다 보니 도중에 뻥."

"전적을 보니 그런 것 같지 않아서요."

"아오, 그놈은 죽지 않고 살았어야 했는데……."

"부검 하나 남았죠?"

"네. 방금 담당 형사님이 도착했습니다."

"가시죠."

창하가 돌아섰다. 경찰은 경찰의 일이 있고 부검의는 부검의의 일이 있는 것이다.

이번 부검은 변심한 애인 살인이었다. 끝내자는 여자의 선언에 꼭지가 돌아버린 남자. 마지막으로 한 번만 만나달라고 간청한 후에 나온 여자를 찔렀다. 칼은 단 한 번 들어갔다.

"겁만 주려고 했는데… 그럼 다시 돌아올 줄 알았는데……."

남자의 말이었다. 거짓말이다. 이 판사가 문의한 경우와는 달리 칼은 등 쪽까지 밀려들어 갔다. 게다가 뽑은 방향도 몹시 거칠었다. 살인의 의도가 있다는 뜻이었다.

하지만 부검의 쟁점은 그다음 말 쪽이었다.

"깊이 찌르지 않아서 죽지 않은 줄 알았어요. 겁먹고 놀라서 심장마비가 온 줄 알고 인공호흡까지 했다고요."

인공호흡이다.

이 말이 사실이라면 형량에 영향을 미친다. 그러나 거짓말이었다. 숨이 겨우 붙은 상태에서 인공호흡을 하면 명백한 증거가 남는다. 폐와 식도가 기억하는 것이다. 이런 경우가 되면 공기가 마구 들어가기 때문이다. 남자는 애인을 죽이고 거짓말까지 했다. 감형을 노렸겠지만 괘씸죄까지 덤으로 떠안게 되었다.

사무실로 돌아오니 채린에게서 부재중 전화가 걸려와 있었다. 부검실로 가면서 놓고 갔던 핸드폰. 무슨 일일까 싶어 전화를 걸었다.

―선생님.

그녀가 반색을 했다.

"죄송합니다. 부검하느라고요. 핸드폰을 못 챙겼네요."

―괜찮아요. 그런 줄 알고 있었어요.

"뭐 도와드릴 일이라도 생겼나요?"

―아뇨. 도와주신 게 기막히게 적중을 했어요. 저 지금 국과수 가는 길이거든요.

채린의 목소리가 귀를 울렸다.

"도와준 거라면?"

―무전기요. 사고 당시 인접한 아파트에서 아마추어 무전 동호회 모임이 있었대요. 사고 현장과는 겨우 20여 미터 남짓이었고요 진공관을 주로 하는 타입 시연이었는데 시연 중에 폭발음이 들려 구경까지 했다고 합니다.

"……!"

―저희가 그 무전기 기종으로 폭발물 전문가들에게 자문을 구했더니 여러 대가 동시에 작용했다면 강한 전기파로 인해 기폭장치의 오작동이 가능하다는 조언을 받았습니다. 그래서 국과수에서 실험을 해보려고요. 저희 본청이 지휘하는 팀이 무전 동호회를 전부 수배해 무전기를 잠시 빌리기로 했거든요.

"그거 잘됐군요?"

―실험 결과가 일치하면 선생님 덕분에 폭발 경위를 밝히게 되는 겁니다. 용의자가 죽었으니 목적은 추론할 수밖에 없게 되었지만요.

"이야, 저도 좀 떨리는데요?"

―저 다 와가요. 기왕이면 같이 떨자고요.

채린의 목소리는 점점 더 밝아졌다.

"……!"

"……!"

결과를 기다리는 동안 채린은 창하 방에 있었다. 원두커피를 두 번이나 내렸다. 실험 결과는 어떻게 나올까? 긴장이 가시지 않는 사이에 펑, 폭음이 일었다.

"성공인가 봐요?"

채린이 벌떡 일어섰다. 바로 그때 배 경위가 문을 열어젖혔다.

"팀장님."

"성공?"

"네."

"와우!"

흥분한 채린이 창하를 껴안았다.

"성공이래요. 선생님 가설이 맞아떨어졌어요."

"컥, 하지만 이건 좀 놔주시고……."

창하가 채린의 손을 가리켰다. 깍지를 낀 손이 창하의 허리를 옥조이고 있었다.

"어머, 죄송."

"가시죠."

배 경위가 복도를 가리켰다.

실험은 성공이었다. 최신형 무전기에는 반응하지 않던 폭탄의 기폭장치. 진공관 무전기 여섯 대가 동시 작동하자 멋대로 폭발해 버린 것이다.

"진공관 무전기였습니다. 거리에 따라 다르지만 최근접 거리라면 두세 대 정도에도 타이머에 영향을 줄 수 있는 것으로 나왔습니다."

이공학과장이 실험 결과 브리핑을 했다. 폭발 상황과 거의 유사한 조건으로 실험한 결과 신뢰할 만한 결과를 얻은 것이다.

짝!

채린이 손바닥을 내밀자 창하가 하이파이브를 갈겨주었다.

국과수 실험 결과는 속보로 나갔다. 보도에는 미국의 폭발물 전문가의 해설을 덧붙였다. 덕분에 중국 정부에서도 특별한 이의를 달지 못했다.

"이창하 선생님."

장궈홍이 창하를 찾아왔다. 중국 공안부의 고위 관료들과 함께 귀국하던 길이었다.

"처음에는 미궁 살인, 이번에는 미궁 폭발물… 덕분에 많이 배우고 갑니다."

"별말씀을요."

"나아가 이번 사태… 송구한 마음을 전합니다. 한국의 국과수에 끼친 불미스러운 일도 그렇고 범인이 중국 국적이라 한국 국민을 혼란에 빠뜨린 것도 그렇고……."

"그건 중국 정부가 공식적으로 발표해야 할 일 같으니 사건으로만 받겠습니다."

"고맙습니다. 언제 다시 한번 중국에 와주시길 바랍니다."

"기회가 생기면 그렇게 하죠."

창하가 답하자 장궈홍의 옆에 있던 관료들도 목 인사로 예를 표해왔다. 12명이 사망한 폭발물 사건은 이렇게 막을 내렸다.

콱 하고 대한민국을 뒤흔든 폭발물의 충격. 그러나 완전히 가신 것은 아니었으니 이틀 후에 또 하나의 폭발물 시신이 창하 앞으로 배정되었다.

폭발의 원인은 핸드폰이었다.

"점퍼 안주머니에 넣어둔 핸드폰하고 보조배터리가 터지면서 즉사했습니다."

야산에 인접한 아파트 신축 현장에서 일어난 사고였다. 잠실 폭발 사고 때문인지 언론도 민감하게 반응하는 사건이었다.

"일 없는 내가 지원해 줄까?"

부검실로 향할 때 피경철이 제의를 해왔다.

"소장님은 쉬시는 게 도와주시는 거죠."

"흐음, 못 미덥다?"

"소장님이 들어오시면 떨려서요."

"오십보백보야."

"아무튼 쉬고 계십시오. 제가 후딱 결과 내겠습니다."

피경철의 등을 밀고 부검실로 뛰었다.

대기실 앞에는 사람들이 여럿이었다. 경찰 아니면 가족들이겠지 했지만 아니었다. 그들은 미국 핸드폰 회사 한국 지사의 간부들이었다. 자사의 핸드폰이 관련된 일이니 총출동을 한 모양이었다. 창하를 보자 꾸벅 인사부터 한다. 그대로 지나쳐 대기실로 들어섰다.

"현장 사진입니다."

형사가 시신 사진을 내밀었다. 대형 공사장이다. 시신은 작업복을 입었다. 폭발로 인해 오른쪽 가슴 부위가 새카맣게 눌어붙고 상체 전체가 엉망이었다. 점퍼 안주머니가 복부와 심장 사이의 높이에 위치한 까닭이었다.

"최초 목격자의 말에 의하면 출근해서 작업복을 갈아입던 중에 펑 하는 소리가 들렸답니다. 요즘 폭발물 사고에 신경이 곤두서 있던 차라 뛰어가 보니 시커멓게 그을린 채 쓰러져 있었다고 하더군요. 신고받은 즉시 제가 달려갔는데 휴대폰과 대용량 보조배터리가 이렇게……."

다른 사진이 나왔다. 완전하게 파손된 배터리와 핸드폰이었다. 핸드폰 배터리는 폭발한다. 과거에는 노트북도 그랬다. 이번 경우에는 대용량 배터리까지 터지면서 인명을 살상했다. 폭발 강도가 심해 척추까지 절단될 정도였다.

"다른 사진은요?"

창하가 형사를 재촉했다. 보아하니 형사가 설렁설렁이다. 그는 배터리 폭발을 기정사실화하는 눈치였다. 마음에 들지 않지만 참아 넘겼다.

그가 꺼낸 추가 사진을 면밀히 관찰했다. 시신 뒤로 커다란 장비가 보였다. 위험한 공사 현장이다 보니 안전모에 안전화까지 신었다. 그런데 어이없게도 자신의 핸드폰 때문에 죽다니…….

거기까지 확인하고 부검실로 향했다.

"부검 시작합니다."

창하의 선언이 부검실에 퍼져 퍼졌다.

가슴 부위가 엉망이니 본론부터 시작했다. 절개를 하고 가슴 부위를 활짝 열자 폭격을 맞은 안 쪽 사정이 제대로 보였다. 심장과 폐의 완파였다. 완전하게 부서진 것이다. 폭발로 인한 압력에 척추까지 절단되었다.

"으아, 핸드폰 배터리 무섭네."

손상을 본 형사가 몸서리를 쳤다. 창하 시선 거기서 파르르 떨었다. 가로막 위, 허파 사이 중앙에서 약간 왼쪽으로 치우쳐 있는 게 정상인 심장. 그게 오른쪽 극한까지 밀려나 있는 것이다. 덕분에 우폐까지 충격한 상황.

'왼쪽으로 치우쳐야 할 심장이 오른쪽 끝까지 밀렸어?'

창하의 촉이 미친 촉수를 뻗기 시작했다.

배터리 폭발이 아니라 냄새나는 사건이었다.

제6장
—
누명 쓴 핸드폰

핸드폰 배터리 폭발은 심심찮게 이슈가 되어왔다. 소비자보호센터에 고발도 되고 인터넷에도 떠돈다. 심한 경우 화상을 입었다는 고발 사진도 나온다. 그러나 인명이 살상된 경우는 찾기 드물었다.

핸드폰과 대용량 보조배터리의 폭발.

아무리 가슴 부분에서 터졌다고 해도 이건 좀 의아했다. 이정도 손상이 나려면 인체 내부에 심어놓고 터뜨려야 하는 것이다.

하지만 그 경우에도 성립되지 않는 조건이 있었다. 몸통의 앞뒤로 가해진 강력한 압박의 흔적이었다. 배터리 폭발과는 결이 달라 보였다. 배터리가 폭발하면 기본적으로 배터리 파편이 튄다. 그런데 열화상은 크지만 파편이 거의 없었다.

그래도 대용량 보조배터리가 마음에 걸리는 상황. 부검을 마무리하고 실험에 들어갔다. 사고기종과 똑같은 배터리에 핸드폰, 대용량 보조배터리를 구했다. 그런 다음 폭발 실험에 돌입했다.

와작!

압력이다.

압력의 크기를 조절하면서 충격을 가했다.

퍽!

배터리가 터졌다. 함께 세팅된 동물 피부를 확인했다. 이런 식이라면 사망은 가능하다. 그러나 장기의 이동을 초래할 정도는 아니었다. 각도를 바꾸어 몇 번 더 확인했다. 역시 아니었다. 심장에 충격을 줘서 사망에 이르게 할 수는 있었다. 하지만 심장과 폐를 밀어내고 횡경막을 파열시킬 정도는 아니었다.

"형사님."

담당 형사를 호출했다.

"이 공사 현장 말입니다. 장비가 무엇 무엇이 있나요?"

"그런 게 필요합니까?"

"참고가 될 것 같아서요."

"아, 그거 척 봐도 핸드폰 배터리 폭발인데……."

"형사님."

"잠깐만 기다리쇼."

창하가 세게 나가니 마지못해 본서에 전화를 때리는 형사. 그러자 그의 핸드폰으로 사진 몇 장이 전송되어 왔다. 중장비가 많았다. 포클레인, 불도저, 나아가 유압 드릴 중장비까지.

'중장비……'

창하의 머리에 장비들이 들어왔다. 그런 장비들에 몸의 왼쪽이 밟히거나 눌린다면 이런 현상이 가능하다. 그 정도 압력이면 내부 장기가 밀릴 수 있었다.

'하지만……'

창하의 머리가 다시 기울었다. 몸에는 중장비의 바큇자국이 없었다.

'그렇다면……'

생각의 폭을 넓혀본다.

누군가 고의적으로 죽였다면 어떨까? 포클레인의 핸들 실린더를 조작해 백호우버킷으로 밀어버린다면? 사망자의 등 뒤에 암벽 등의 장애물이 있다면 가능해진다. 가슴 부분에 백호우버킷을 대고 밀면 상의 안주머니에 든 핸드폰이 터진다.

픽!

그러나 그건 부수적인 결과에 불과하다. 살인의 진짜 도구는 백호우버킷의 압박이다. 그 백호우버킷의 왼편 압박이 더 강하다면 완벽하게 성립이 되는 것이다.

유압 드릴 장비라면 어떨까?

사고 현장의 유압 드릴 장비는 엄청난 규모였다. 이 정도 장비라면 기사 혼자 운용하기 힘들다. 좌우전후진을 할 때 조수가 방향을 봐줘야 할 것 같았다. 거기에 치인다면? 그것도 가능했다.

"가능은 하겠군요."

창하 설명을 들은 형사는 심드렁했다. 핸드폰 배터리 폭발이라는 '확신'을 버리지 못하는 것이다.

"아무래도 현장에 좀 나가보는 게 좋겠는데요?"

창하가 요청했다.

"노가다 현장에 뭐 볼 게 있다고… 아까 제가 보여 드린 사진이 전부입니다."

형사가 볼멘소리를 쏟아냈다.

"곤란하시면 과장님이나 서장님께 직접 요청할까요?"

"아, 진짜… 정 그러면 가봅시다."

그가 마지못해 콜을 받았다.

"현장 책임자에게 말해서 중장비들 전부 스톱시키고 세차 같은 거 못 하도록 조치해 주세요. 지금 즉시요."

"핸드폰 배터리 폭발에 중장비가 무슨 상관이 있다고?"

"어쨌든 짚고 넘어가야겠어요."

창하는 단호했다.

경광등을 켜고 달렸음에도 현장까지 한 시간 남짓 걸렸다.

형사의 차가 앞장을 서고 국과수 차량이 뒤를 이었다. 국과수 차에는 창하 외에도 현장감식 팀원 셋과 원빈, 광배 등이 탑승하고 있었다. 어시스트에게도 현장 체험은 필요하다. 다시 말하지만 부검은 부검의 단독으로 하는 게 아니다. 많은 사람들의 협력이 있어야 하는 것이니 마음 맞는 팀원들의 머리란 맞대면 맞댈수록 좋아지는 것이다.

"수고하십니다."

형사가 현장 책임자를 만났다. 현장 체크를 통지하고 사고 현장으로 이동했다. 현장관리는 완전 꽝이었다. 사망 지점만 표시된 채 방치되고 있었던 것.

"푸얼."

창하가 한숨을 쉬었다. 이렇게 허술한 수사라니. 1970년대로 회귀한 심정이었다.

"그게… 공기(工期)가 급하다는 데다 휴대폰 배터리 사고라서……."

형사가 변명을 해왔다.

"우리, 그냥 철수하겠습니다."

화가 나서 돌아섰다. 모든 것을 예단하고 움직이는 형사를 그냥 두고 볼 수 없었다.

"선생님."

형사가 그 팔을 잡았다.

"왜 이러십니까? 여기까지 오셔서… 게다가 현장 사람들도 보고 있는데……."

"현장 사람들이 뭐요? 형사님이 보기에 여기가 지금 사고
현장입니까? 뭐가 남았겠습니까?"

"그거야 아까도 말씀드렸지만……."

"핸드폰 배터리 사고라서요? 그러면 그렇게 결론 내시지 국
과수에는 왜 오신 겁니까?"

"선생님."

"이도 저도 아니면 본청 과학수사센터 차 팀장 부르세요.
그분은 이런 데 익숙하려나 모르겠네요."

"잘못했습니다. 제가 형사과는 처음이라서……."

형사가 고개를 숙였다.

"처음이면 더 주의를 하셔야죠. 경찰서에 경력자들 많잖아
요?"

"차후에는 각별히 주의하겠습니다. 그러니……."

"선생님."

현장감식 팀원이 창하를 말린다. 어차피 여기까지 온 마당
이었다. 형사 얼굴 보고 사인 밝히는 것도 아니었다.

"시작하죠."

창하가 마음을 바꿨다. 이만하면 되었다고 생각한 창하였
다.

"고맙습니다."

그제야 형사 얼굴에 화색이 돌았다.

"포클레인이 전부 세 대라고요?"

창하가 책임자에게 물었다. 눈에 보이는 건 두 대 뿐이었다.

"한 대는 수리가 필요해서 서비스 센터에 들어갔습니다."

"언제죠?"

"오늘 아침에요."

"형사님, 서비스 센터에 전화해서 그 포클레인 손 못 대게 하세요."

"알겠습니다."

형사는 군소리 없이 요청을 받았다.

"한 분은 서비스 센터로 가시고요, 포클레인 백호우버킷하고 링크, 버킷 실린더 조사하세요. 백호우버킷은 안쪽보다 바깥쪽에 중점을 두시고요. 유압 드릴 중장비는 후면과 측면을 주로 검사해 주세요."

지시를 내린 창하, 직원들과 함께 검사에 나섰다.

"아니, 핸드폰 배터리가 터졌는데 왜 남의 중장비는 건드리고 지랄들이야?"

"그러게. 저것들이 국과수 맞아?"

기사들이 몰려와 웅성거렸다. 신경 쓰지 않았다. 사인을 밝히기 위해서라면, 똥오줌 바가지도 마다 않아야 하는 게 국과수였다.

사망자의 왼쪽 가슴 부위에 압박을 줄 수 있는 단면. 국과수 직원들은 그곳을 집중 체크했다. 면을 문질러 샘플을 따고

루미놀을 뿌려 혈흔 반응을 체크했다. 두 대의 포클레인에서
는 루미놀 반응이 나오지 않았다.

"선생님."

도중에 요원 하나가 창하를 불렀다. 유압 드릴 후면 쪽이었
다.

"……?"

창하 눈자위가 확 좁혀졌다. 혈흔 반응이었다. 높이도 사람
가슴 부위에 해당한다. 창하가 그 자리에 서본다. 만약 장비
가 후진하면서 밀어붙인다면…….

'으음…….'

호흡이 빨라지기 시작했다. 배터리는 부수적인 원인일 수
있다는 생각이 점점 확신으로 변해갔다.

"서에 좀 가주셔야겠어요."

혈흔을 확인한 형사가 유압 드릴 기사를 불렀다.

"내가 왜요?"

그가 펄쩍 뛰었다.

"당신 장비 후미에서 사람 혈흔이 나왔어. 가서 얘기하자
고."

"혈흔? 아, 씨발. 그건 내 피야. 요즘 과로로 엊그제 코피가
존나 나길래 손으로 훔쳐서 닦았다고."

"가서 얘기하자니까."

형사가 기사를 차에 욱여넣었다.

"우리도 가서 유전자 돌려보죠."

창하 팀도 검사 장비를 거두었다. 혈흔이 사망자의 것이고, 후미에서 배터리 폭발의 잔해가 증명된다면 유압장비 기사의 살인으로 귀결될 판이었다.

국과수로 돌아온 창하는 추가 조치를 취했다. 사망자의 상의 검사 의뢰였다. 상의에서 유압 드릴 차량의 칠조각이라도 나와준다면 아귀가 완벽하게 들어맞는 것이다.

결과를 기다렸다. 언제나 그렇지만 이럴 때가 가장 긴장되었다. 부검이라면 창하가 해내면 그만이었다. 그러나 다른 결과는 그저 기다려야만 하는 것이다.

그 와중에 반가운 소식 하나가 날아왔다.

"이 선생, 날세."

소장 피경철이었다.

"방금 본원에서 연락 왔는데 각 지역 국과수에 CT 예산 떨어졌다네."

"아, 정말입니까?"

"원장님이 국회 불려갔다 오신 모양이야. 자네가 건의했다는 후문까지 들으셨더군."

"아닙니다. 그거야 원장님과 소장님 덕분이지요."

"됐네. 원장님하고 내가 자네 공을 뺏을까? 원장님께서도 곧 연락하실 모양이더군. 말 나온 김에 자네 외국 연수나 파견 얘기도 했더니 원장님도 흔쾌하시더군."

"고맙습니다. 소장님."

"뭐 당장 결정된 건 아니지 않나? 인사는 나중에 해도 늦지
않네."

통화하는 사이에 창하 핸드폰이 울렸다.

"원장님이신가 보군. 받아보시게."

벨 소리를 들은 피경철이 전화를 끊었다. 핸드폰을 건 사
람은 원장이었다. 소장처럼 치하 전화였다. 각 지역 국과수의
CT 설치는 국과수 숙원 사업의 하나였다. 부검에 일조하는
것은 물론 검시관들의 감염에 실드 역할을 하기 때문이었다.
그러나 본원과 서울사무소만 설치해 주고 예산을 주지 않던
정부였으니 창하 덕분에 짐을 더는 원장이었다.

"애썼네."

격려를 받으며 통화를 끝냈다.

십여 분 후에 원빈이 들어왔다. 표정이 좋지 않았다.

"유전자 분석실에 들렀다 오는 겁니까?"

눈치를 차린 창하가 먼저 물었다.

"예."

그가 검사 결과서를 내밀었다.

"……!"

창하 표정이 확 굳어버렸다. 유압 드릴 중장비의 후미에서
검출된 혈흔이 기사의 것으로 나온 것이다.

"배터리 폭발의 잔해도 나오지 않았답니다."

원빈의 목소리가 툭 떨어졌다.

"아쉽군요. 부검 결과로 봐서는 딱 뭔가에 의한 강한 압박이 의심되는데……."

"저도 혈흔이 아쉽습니다. 그게 사망자의 혈흔이었어야 하는 건데……."

"공 형사님에게 알려야겠네요. 유압 드릴 기사는 범인이 아니라고……."

"그 인간 아까 선생님께 당했으니 그냥 넘어가지 않을 겁니다. 제가 통보하겠습니다."

"아니, 괜찮습니다. 어차피 다른 방향도 모색해야 하는 차라서……."

"그럼 데려올까요?"

"지금 어디 있죠?"

"아까 중장비 기사를 서에 넘기고 돌아와서는 차 안에서 멍 때리고 있던데요?"

"제가 가죠."

창하가 일어섰다. 가능성 중의 하나를 놓쳤다. 그렇다면 빠른 대처가 필요했다. 유압 드릴 기사가 경찰로 압송되었기 때문이었다. 일단은 그를 방면하는 게 도리였다.

"예?"

차에서 나온 형사 안면이 일그러졌다.

"중장비에서 나온 피가 기사 거라고요?"

"그렇습니다."

"그러니까 지금 헛발질이라고 말하는 겁니까?"

"예. 다른 방향을 궁리해 봐야겠습니다."

"아놔, 이거 열받네. 아까 현장에서는 그렇게 확신에 찬 얼굴로 개쪽을 주더니……."

형사가 콧김을 뿜고 나왔다.

"그건 유감스럽게 됐습니다."

"그러게 내가 뭐랬습니까? 이건 핸드폰 배터리 폭발이라고요. 괜한 분란 일으키지 말고 현장 담당 형사 말을 들으세요. 우리도 다 감이 있거든요."

"참고하죠."

창하가 답했다. 되지도 않는 말이지만 창하의 예측이 빗나간 상황. 일단은 다독이고 넘어가야 했다.

"에이, 공연히 일만 키워가지고……."

그가 본서로 전화를 걸 때였다. 저만치에서 원빈이 달려오는 게 보였다.

"선생님, 선생님."

이번에는 숨이 넘어가는 원빈이었다.

"뭐죠?"

"중장비의 압박 말입니다. 그거, 선생님 분석이 옳았습니다."

"예?"

창하 눈이 휘둥그레졌다. 전화를 걸던 형사도 그랬다. 방금 헛발질이라고 얘기하던 차인데 뭐가 맞았단 말인가?

"유압 드릴 차량이 아니고 포클레인이었습니다. 그 왜 수리 보냈다는 한 대 말입니다. 거기 백호우버킷 표면에서 사망자의 DNA와 배터리 폭발물 잔해가 나왔답니다. 사망자의 상의에서도 그 포클레인에 묻은 흙가루가 나왔다고 하고요. 세 포클레인이 각기 다른 작업장에서 일했다니 틀림없습니다."

"우 선생님……."

"이 샘플은 조금 늦게 도착했지 않습니까? 아까 제가 말씀드린 건 선생님하고 저하고 다녀온 현장 것이었습니다."

"맙소사!"

창하 얼굴이 환하게 펴졌다.

"어이, 거기 형사님. 우리 이 선생님에게 뭐 할 말 없습니까? 표정을 보아하니 친절하지는 않으셨던 거 같은데……."

"그게……."

"켕기는 거 있으면 미리 사과하세요. 우리 검시관님 보기보다 발이 넓으시거든요?"

"죄송하게 되었습니다."

형사가 창하에게 고개를 숙였다.

"그거 가지고 돼? 당신 이거 당신이 원하는 대로 핸드폰 배터리 폭발로 갔으면 핸드폰 회사에서 그냥 넘어갈 것 같아? 아마도 천문학적 소송을 걸었을걸?"

원빈의 질책은 나름 준엄하다. 형사의 고개는 점점 더 처참하게 떨어졌다.

＊　　　　　＊　　　　　＊

수사는 빠르게 전개되었다. 포클레인 기사의 자백도 나왔다. 허망하게도 음주 운전이었다.

"마누라가 집을 나가는 바람에 새벽까지 퍼마시고 그대로 출근했거든요. 나가보니 다른 기사들은 아직 오지 않았고 현장 정리 직원만 출근해 있더라고요. 포클레인 유압펌프와 컨트롤 밸브가 좋지 않은 상태라서 바가지 체크하면서 바위를 밀었는데 펑 하고 소리가 나요. 바가지 각도를 바꾸고 보니 직원이 끼어서 쓰러졌더라고요. 얼핏 보니 핸드폰이 터졌고 마침 주변에 본 사람도 없길래 당황한 마음에 피해서 어쩌나 하고 있었는데 나중에 출근한 사람들이 발견하고는 핸드폰 배터리가 터져서 죽었다고 해요. 해서 바가지는 작업 현장 흙에다 몇 번 문질러 버리고… 그래도 찜찜해서 유압펌프하고 컨트롤 밸브 수리해야 한다는 핑계로 현장에서 뺐던 건데……."

결론은 음주 운전이었다. 술기운이 가시지 않은 기사가 소위 말하는 바가지, 즉 버킷 시운전을 하면서 직원을 보지 못한 것. 작동 체크 중에 바가지로 바위를 밀어버렸으니 가운데 낀 직원이 압사당한 것이다. 그 와중에 핸드폰 배터리가 폭발하면서 엉뚱한 누명(?)을 쓴 케이스였다.

"죄송합니다. 죄송합니다."

형사는 허리가 부러져라 인사를 남기고 떠나갔다.

"저 인간, 앞으로는 선생님 보면 고개가 부러져라 인사할 겁니다."

원빈이 웃었다.

제7장
—
결정적인 단서, 음모 두 가닥

핸드폰 배터리 폭발 사고는 후폭풍이 거셌다. 언론의 한탕주의 때문이었다. 국과수의 결론도 나오기 전에 경쟁적으로 보도를 한 것이다.

「핸드폰 배터리 폭발로 사망」
「핸드폰 배터리, 안심할 수 있나?」
「내 핸드폰도 배터리 폭발 징후」
「배가 빵빵. 이거 터지는 거 아님?」
「핸드폰 배터리 폭발 방지 십계명」
「핸드폰 배터리 폭발의 전말」

보도는 꼬리에 꼬리를 물었다. 이 방송이 보도하면 다른 기자들이 그걸 소스로 삼아 비벼댔고, SNS가 퍼 날랐다.

국과수 발표가 있기까지 국민들은 불안에 떨어야 했다. 아울러 핸드폰 배터리가 폭발할 것 같다고, 혹은 폭발했다고 119에 걸려온 장난 전화만 수천 건이 넘을 정도였다.

국과수 발표가 나가자 언제 그랬냐는 듯 논조가 바뀌었다. 사람들 역시 집단 건망증이라도 걸린 듯 다른 이슈로 몰려갔다.

"헐, 단숨에 조용해졌네요?"

창하 방에서 차를 마시던 원빈이 어깨를 으쓱해 보였다. 신문은 그새 다른 뉴스로 도배가 되고 있었다.

"그래서 결과가 나오기 전까지는 입조심이 최고죠."

창하가 웃었다.

"핸드폰 회사들이 식겁을 했을 겁니다."

"아마 그랬겠죠?"

"그럼 우리 이 선생님께 상이라도 줘야하는 거 아닌가요?"

"국민들이 안정되었으니 그게 상이죠."

"쳇, 모르긴 몰라도 경찰들은 배 터지게 상 받을 겁니다. 언제나 뒤치다꺼리는 우리가 하고……."

"그런 거 알고 오신 거잖아요?"

"뭐 그렇긴 하지만요."

원빈이 머리를 긁적일 때 권우재가 들어왔다. 표정부터 무거웠다.

"과장님."

"이 선생, 오후 부검 여유 좀 있나?"

"또 뭐가 터졌습니까?"

"화성 해안가에서 토막 시신이 나온 모양이야."

"……!"

"다들 부검이 밀려 있어서 내가 할까 했는데 오후에 경찰청 회의가 있어서 말이야……."

"제가 맡죠. 한 건 남았는데 수면 중 질식사라서 금방 끝날 겁니다."

"미안하네."

"별말씀을요. 부검 많이 하면 노하우도 쌓이고 좋죠. 다녀오세요."

"그럼 그렇게 알고 가네."

권우재가 방을 나갔다.

"하여간 우리 이 선생님 노는 꼴을 못 봐요."

원빈이 볼멘소리를 냈다. 부검 준비를 해야 하는 것이다.

토막 살인.

좋지 않다. 그러나 피할 수도 없는 게 검시관의 숙명이었다. 부검 채비를 갖출 때 핸드폰이 울렸다. 못 보던 번호였다.

"여보세요?"

창하가 통화 버튼을 누르자 묵직한 목소리가 흘러나왔다.

―이창하 검시관님?

"예, 어디십니까?"

―저 새뚜기의 서필호입니다.

"예?"

―새뚜기의 서필호 말입니다. 광화문 대통령 취임식에서
뵌…….

"아, 네."

창하가 핸드폰 잡은 손을 바꾸었다. 한번 연락한다더니 진
짜 전화를 걸어온 것이다.

―지난번에 저랑 약속하신 거 기억하십니까?

"약속이라면?"

―식사 한번 모시고 싶다고 말했더니 수락하셨습니다.

"그, 그건……."

―안 될까요?

서필호가 다시 물었다. 정중하고 겸허한 목소리였다.

"간단하게 식사만 하는 자리라면 괜찮습니다."

―저도 간단한 거 좋아합니다.

"예……."

―저녁에 댁으로 차를 보내겠습니다.

"아닙니다. 약속 장소를 정해주시면 제가 직접 가겠습니다."

―7시면 괜찮겠습니까?

"예."

─알겠습니다. 장소는 문자로 넣어드리죠. 그럼 수고하십시오.

새뚜기 회장의 전화가 끊겼다. 창하는 그 번호를 우두커니 바라보았다. 유안양행 이후로 사회에서 존경받는 몇 안 되는 기업의 하나다. 그 수장이 직접 전화를 걸어왔다. 손자가 엮였던 부검에 대한 인사겠지. 가볍게 생각하고 부검실로 향했다.

수면 중 질식사 부검은 정말 간단하게 끝났다. 만취한 남성이었다. 푹신한 베개가 원인이었다. 국과수에 들어오는 부검 중에는 강력사건만 있는 게 아니다. 너무나 허망하게 죽어간 사람들. 그런 종류도 많았다. 고인의 명복을 빌며 부검을 마쳤다.

그러나 양지가 있으면 음지가 있는 법. 권우재가 말한 시신은 '완전' 달랐다.

"억!"

대기실에서 사진을 본 원빈과 광배가 몸서리를 쳤다. 여자의 몸통 부분이었다. 그것조차 거의 찢다가 만 형상이었다.

"죄송합니다."

어시스트들이 부검 준비를 위해 나가자 강력 팀장 권해효가 고개를 숙였다. 국과수에서도 인정하는 초동수사의 최고봉 화성경찰서. 그런 그들이기에 국과수 직원들의 노고를 잘 알고 있었다.

"해안가 바위틈에서 나왔군요?"

창하가 사건 서류를 집어 들었다.

"돌게를 잡는 마을 주민이 발견했습니다. 썰물 때라서 보였지 밀물 때는 완전히 잠기는 장소라고 하더군요."

"돌로 눌렀어요?"

"그렇다고 합니다. 그쪽이 바위 지세가 좀 험해서 마을 주민들도 잘 안 가는 곳이랍니다. 원래는 인근에 돌게가 좀 있었는데 얼마 전부터 거의 안 보이길래 거기까지 갔다고 해요. 그런데……"

"어이쿠나!"

60대 초반의 목격자, 돌게 무리를 만났다. 한두 마리가 아니었다.

"대박이네. 이것들이 다 여기에 있었구나."

콧노래를 부르며 주워 담았다. 그러다 마주친 게 허연 물체를 누르고 있는 돌무리였다.

'돼지가 떠내려와서 눌렀나?'

처음에는 그렇게 생각했다. 게는 고기를 좋아한다. 어디선가 떠내려온 돼지가 돌에 눌렸거니 생각했다. 하지만 돌 쌓인

게 자연스럽지 않았다. 이 마을에서 태어나고 자란 목격자. 보기만 해도 알 수 있었다. 허허 해안에는 혈혈단신. 바닷바람 맞으며 자랐지만 왠지 모골이 송연했다. 그냥 갈까 싶었는데 눈이 저절로 돌아가고 말았다.

"어이쿠나!"

또 한 번의 비명과 함께 주저앉고 말았다. 아까와는 달리 공포가 섞인 비명이었다.

"가까이서 보니까 감이 오더라고 하더라고요. 돼지가 아니고 사람 몸통이라는 거……."

혼비백산한 목격자, 애써 잡은 돌게 망태기를 팽개친 채 모래밭까지 기어 나갔다. 그런 다음에야 겨우 신고 전화를 걸었다.

"경찰이죠?"

"사체나 돌에 손대지 마세요."

권 팀장은 현장보존부터 철저했다. 당부부터 하고 출격한 것이다. 사람 몸통이 나왔다면 100% 강력사건이었다.

찰칵찰칵!

썰물 때를 기다려 사진을 박았다. 커다란 돌들이 누르고 있는 몸통이었다. 그런 다음에야 돌을 치웠다. 이 또한 화성경찰서만의 노하우였다.

[현장 중시].

자칫 현장을 훼손하는 다른 경찰서들과 차원이 다른 것이다.

"억!"

돌덩이를 조심스레 들어낸 형사들. 하나같이 몸서리를 쳤다. 물에 붇고 게에 물어뜯긴 사체는 그야말로 끔찍함의 궁극에 달해 있었다.

"돌게 떼 떼어내는 데만 1시간 가까이 걸렸습니다."

권 팀장이 사진을 넘겼다. 사체에 붙은 게는 어림 봐도 40여 마리에 달했다. 그 또한 시신의 보존과 증거 훼손을 우려해 조심스레 떼어내야 했다. 그렇게 확보된 시신. 목과 사지가 잘려 나간 몸통이었다. 게들이 사방에서 물어뜯었으니 전후좌우와 앞뒤 구분도 쉽지 않았다.

"다른 물품은요?"

창하가 물었다.

"바닥에 떨어진 시신 파편입니다."

다른 샘플 채집 봉투가 나왔다. 작은 건 2—3mm부터 1—3cm짜리도 있었다.

"나머지 부위는 없습니까?"

"돌의 형태로 보아 누군가 썰물 때 시신을 놓고 돌로 누른 것 같습니다. 다른 부위도 그랬을 것 같아 그 일대 해안을 대대적으로 수색 중인데 아직까지는 나온 게 없습니다."

"누름돌이 견고하지 못하거나 작은 부위들이라면 밀물 때 딸려 갔을 가능성이 높겠네요."

"그래서 해류의 방향을 고려해 수색망을 넓히고 있습니다."

"알겠습니다. 그럼 직접 볼까요?"

창하가 일어섰다.

*   *   *

부검실은 고요했다. 원빈과 광배의 미간은 잔뜩 좁혀져 있었다. 수없는 참상을 보아온 어시스트들. 그러나 참상에는 교과서가 없었다. 더 이상 참혹한 시신은 없을 거라고 생각하지만 그 기대는 오래가지 못한다. 오늘도 그런 날의 하나였다.

너덜거리는 몸통에 더불어 작은 파편이 60여 개. 그걸 늘어놓으니 말문이 막히는 것이다. 토막 살인의 키포인트는 신원 파악이다. 그러자면 신분증이 있어야 했다. 몸통만 남은 시신에 그런 게 있을 리 없다. 다음으로 꼽는 건 지문이다. 손이 없으니 그 또한…….

허얼.

보면 볼수록 한숨만 나오는 것이다.

"아, 이거 미제 사건 되는 거 아닌가 모르겠습니다."

권 팀장도 한숨이 깊었다. 강력사건의 베테랑이지만 그 역시 난감하기는 다르지 않았다.

"자기 주검 알아봐 달라고 발견된 시신 아닙니까? 이렇게 큰 부분이 남았으니 너무 부정적으로 생각하지 마십시오."

권 팀장을 위로하고 부검에 돌입했다. 몸통은 성한 부분이 거의 없었다. 돌에 눌리면서 받은 손상도 그렇지만 게가 물지 않은 곳이 없었다. 게만 그랬을까? 밀물 때 들어온 물고기도 뜯었을 것이다. 아이러니하게도 돌이 공을 세웠다. 넓은 조각으로 누르고 그 위에 다른 바위를 올림으로써 제대로 눌린 것. 그렇지 않았다면 밀물에 깎이고 썰물에 패며 흔적도 남지 않았을 것이다.

처음부터 확대경을 들이댔다. 일단은 게와 물고기의 '공격' 행태부터 파악했다. 그래야 시신의 손상과 구분이 가능한 것이다.

몸통은 앞뒤를 4등분으로 나눠 정밀 체크를 했다. 하지만 헛수고였다. 피부 표면의 손상은 몰라도 흉기에 의한 손상은 보이지 않았다.

이럴 때는 배꼽 피어싱 같은 거라도 아쉽다. 만약 그런 장식이 나온다면 신원 파악에 도움이 되기 때문이었다. 손이 없고 이빨도 없는 시신. 거기에 더해 내장도 전무…….

그나마 위로가 되는 건 갈비뼈와 대퇴골이 붙었다는 점이었다.

"여자, 이십 대 중후반에서 두 살 정도 오차, 키는 160㎝ 전후가 되겠습니다."

나이는 갈비뼈 모서리에 난 홈의 깊이로 알아냈고 키는 대퇴골의 길이로 추론했다.

"160 전후에 이십 대 중후반……."

권 팀장의 손이 바빠졌다.

"혈액형은 AB형이랍니다."

또 하나의 단서는 원빈이 가져왔다. 뼈 사이에 남은 혈액 샘플로 DNA와 혈액형 분석을 마친 것이다.

하지만 거기까지였다. 시신의 상황이 이 지경이니 날이 어둑해지도록 창하의 부검은 한 치 앞으로도 나가지 못하고 있었다.

"현장 수색 팀이 철수한답니다. 날이 어두워져서 내일 다시 재개할 모양입니다."

권 팀장이 현장 상황을 알려주었다. 손이 나오지 않는다면 큰 위로가 되지 않을 일. 그러나 몸통의 상태로 보아 손이 나온다고 해도 지문을 찾을 가능성은 거의 없었다.

물을 마신 창하가 다시 시신 앞에 섰다. 이제는 작은 파편들까지 확대경을 들이댔다. 작디작은 파편들. 어디서 떨어졌는지 구분도 되지 않는 것들이 대다수였다. 그래도 포기하지 않는 건 그게 파편이 아니라 시신의 일부이기 때문이었다.

샘플이 하나하나 손을 떠났다. 마지막으로 두어 개가 남자 허탈감이 밀려왔다. 결국 이렇게 끝나나 싶었다.

바로 그때……

"선생님."

광배 목소리가 차분하게 울렸다.

"예?"

창하가 돌아본다. 원빈도 그랬다.

"이거……"

그가 체크 중이던 파편을 내밀었다. 작은 털 두 개가 달린 파편이었다. 굉장히 짧은 털이었다.

"어느 부위일까요?"

광배가 파편을 건네주었다.

"……!"

털 두 오라기가 달린 파편이 이렇게 반갑기는 처음이었다. 그러나 털은 신체의 여러 곳에 난다. 털이 많은 여자라면 목덜미에도 솜털이 나고 겨드랑이와 배꼽 아래, 마지막으로 음모가 있을 수 있었다. 확대경을 내려놓고 파편을 현미경 위에 올려놓았다.

'음모다.'

창하 미간이 좁혀졌다. 그러나 지나치게 짧았다. 그런 경우의 수를 떠올렸다. 영감을 받은 창하가 몸통 부위로 돌아갔다. 하복부 쪽을 체크하니 미세한 수술 창흔이 보였다. 게들이 남긴 손상 때문에 알아볼 수 없었지만 짧은 음모와 연결하니 파악이 되었다.

"뭐가 나온 겁니까?"

권 팀장이 물었다.

"음모입니다. 하복부에 창흔이 있고요."

"창흔이라면 수술?"

"맞습니다. 여자들 하복부 수술이나 출산할 때 보통 음모를 밀지 않습니까? 좋은 단서가 될 것 같습니다."

"선생님, 알아듣기 쉽게 말씀해 주십시오."

"음모를 보세요. 약 1㎝네요. 음모는 보통 하루에 0.3—0.4㎜ 정도 자랍니다. 역산하면 수술을 받은 지 30일에서 33일 정도 되었다는 뜻입니다."

"아!"

"시신의 상태로 보아 수장된 지 20일 정도 됩니다. 종합하면 이십 대 중후반이면서 혈액형은 AB형, 지금으로부터 50일을 전후해서 자궁 관련 수술을 받은 사람."

창하의 목소리는 더없이 간결했다.

제8장

—

파격 제안

"그런데 선생님."

본서에 신상 정보를 전달한 권 팀장이 창하에게 다가왔다.

"예?"

"음모 말입니다. 그건 사망하면 자라지 않나요?"

"자라지 않습니다만."

"이상하네?"

권 팀장의 고개가 갸웃 기울었다.

"왜 그러시죠?"

"수염은 사람이 죽은 후에도 자란다고 들었거든요. 그렇다면 음모 역시 자라는 것 아닐까요?"

"수염 이야기는 어디서 들으셨죠?"

"저 초임 때 사수에게 들었습니다."

"낭설입니다. 수염 역시 자라지 않습니다."

"그럴 리가요? 사수가 직접 체험한 사건이라고 하던데?"

"어떤 체험인지 제가 좀 들어도 될까요?"

"그게 화물차에 치인 교통사고 시신이었는데 산중에 유기한 게 등산객에게 발견이 되었어요. 당시 시신의 수염이 2㎜ 정도 자라서 면도한 지 5일쯤 후에 사고가 난 거라는 검시 결과가 나와서 수사에 들어갔다고 하더군요."

"범인은 잡았나요?"

"그게… 산중의 도로라서 아직까지 미제로……."

"미안하지만 사수와 검시가 잘못된 경우입니다."

"예?"

"수염 역시 사람이 죽으면 자라지 않습니다. 그러나 자라는 경우가 있기는 합니다."

"그건 또 뭐죠?"

"경직 현상 때문입니다. 심장이 멈추면 사체에서 경직 현상이 일어나지 않습니까? 그때 모낭이 수축되면서 모낭 안에 있던 모발이 밖으로 밀려나옵니다. 2㎜라면 모낭 수축 현상으로도 설명이 가능합니다."

"그럼?"

"사고 일자를 잘못 계산하신 겁니다. 그 사고는 면도한 당일에 일어난 겁니다. 그런데 시점을 5일 후로 계산하고 수사에 들어갔으니……."

헛발이죠. 창하는 뒷말은 하지 않았다.

"……."

권 팀장이 말을 잇지 못하자 창하가 대신 할 일을 알려주었다.

"시간적 여유가 있으면 재수사하세요. 면도한 날이 사건 당일입니다."

"허엇."

권 팀장이 패닉에 빠진 사이에 주머니의 핸드폰이 울렸다. 돌아서서 전화를 받은 권 팀장의 목소리가 밝아지기 시작했다.

"선생님."

원빈이 먼저 눈치를 차렸다. 본서의 직원들이 소득을 올린 것이다.

"선생님이 짚어주신 조건에 맞는 여자가 둘 나왔답니다. 자궁근종이 심해 적출을 한 여자들인데 한 명은 부산에서 확인이 되었고 또 한 명이 수원 쪽에 살고 있는데 행방이 묘연하다고 합니다. 사망자일 가능성이 높다고 합니다."

"다행이네요."

"선생님 덕분입니다."

"아닙니다. 시신을 제대로 가져오신 덕분이에요. 만약 그 음모가 없었다면 저희도 애를 먹었을 겁니다."

"아까 말씀하신 수염 건도 사수에게 말해보겠습니다. 그 양반이 이번에 경정으로 승진해서 그 경찰서로 부임했거든요."

"그럼 더 좋죠."

"아무튼 고맙습니다. 우리 과장님, 서장님, 좋아서 난리도 아니랍니다."

권 팀장은 흥분을 감추지 못하고 부검실을 나갔다. 그 어깨 너머의 하늘은 이미 저문 지 오래였다.

"두 분도 정리하고 퇴근하세요."

"그런데 선생님, 오늘 저녁에 약속 있다고 하지 않았어요?"

기구 정리를 하던 원빈이 창하를 돌아보았다.

"약속? …아?"

그제야 서필호 회장의 얼굴이 떠올랐다. 부검에 몰입하느라 까맣게 잊고 있었던 것이다. 하지만 시계는 이미 8시 하고도 20분. 약속 장소까지 가려면 30분 이상 걸리니 무려 두 시간이나 늦게 되는 것이다.

"푸얼!"

혼자 한숨을 쉬었다. 그렇잖아도 겸손하게 자리를 마련한 서필호 회장이었다. 늦으면 늦는다고 전화라도 해야 했는데 이렇게 되어버린 것이다.

미치겠네. 시계를 쳐다본다. 야속하게도 시침은 거꾸로 돌아주지 않았다.

빠아앙.

차량 한 대가 속도를 내며 창하 차를 스쳐갔다. 집으로 가는 길, 좌회전 신호가 들어왔다.

그래도 가보기는 해야겠지?

얼마나 기다렸는지도 알아야 하고.

그래. 가보자. 그래야 내 마음이 편하지.

문득 핸들을 돌렸다. 마침 직진 차량의 맨 앞이었다.

서필호 회장은 창하에게 꿀릴 사람이 아니다. 꿀릴 이유도 없다. 손자를 위기에서 구해주었다지만 그건 사필귀정이었다. 다른 사람이 부검을 했어도 마찬가지 결과가 나왔을 것이다. 게다가 창하는 공무원이다. 공무에 책임을 다할 의무가 있었다.

약속 시간에 늦었지만 불가항력이었다. 서필호 회장과의 약속보다는 부검이 중요했다. 망자의 부검이란 응급실에 실려 온 중환자와 다르지 않다. 다음도, 내일도 없다. 한 시간이 늦으면, 하루가 늦으면 영영 볼 수 없는 것이 많은 게 시신이었다. 산 사람처럼 골든타임이 있는 것이다.

딸깍!

차 문을 열고 내렸다.

'여기 맞나?'

창하는 눈을 의심했다. 내비게이션의 목적지는 감자수제비 집이었다. 너무나 평범해 서필호 회장이 올 것 같지 않았다. 그가 보낸 문자를 확인한다. 틀리지 않았다.

문을 열고 들어섰다. 사람들이 개미처럼 바글거린다. 대개가 50대를 넘었다. 맛집으로 소문나지 않은 맛집이었다. 올드세대들이 단골인 맛집은 요란하게 소문나지 않는다. 그들이 SNS 자랑질을 즐기지 않는 까닭이었다.

"저기, 혹시 이창하 선생님?"

창하가 들어서자 주인이 다가왔다.

"예?"

깜짝 놀라 돌아보는 창하. 이곳이 초행이기 때문이었다.

"맞죠?"

주인은 사진까지 든 채 창하를 대조하고 있었다.

"그렇습니다만."

"모시겠습니다."

주인이 앞장을 섰다. 궁궐 마당처럼 넓은 홀을 지나 코너의 내실이었다.

"들어가시죠."

그가 내실을 가리켰다.

"저기……."

"서 회장님이 기다리고 계십니다."

"……?"

주인은 조용히 돌아섰다. 시계를 보니 9시 10분이었다. 약속 시간에서 2시간이나 지난 시점. 제대로 풀려 버린 정신 줄을 당기고 문을 열었다.

"어서 와요."

서필호는 아무렇지도 않은 표정으로 창하를 맞았다.

"아직까지 기다리실 줄은……."

창하 목이 확 메어왔다. 새뚜기라는 회사가 구멍가게던가? 그가 거느린 직원만 해도 수만이 넘을 지경이었다. 막말로 검시관 따위 알아도, 몰라도 그만인 위치였던 것.

"앉으세요. 아주 즐겁게 기다렸습니다."

"회장님."

"일 없이 늦을 분이 아니지 않습니까? 서해에서 토막 시신이 나왔다더니 아무래도 그걸 맡으셨겠지요."

"죄송합니다. 신원 파악이 쉽지 않아서……."

"당연히 그러서야죠. 제가 주워듣기로 부검에도 골든타임이 있다던데 망자의 명의께서 그걸 팽개치시겠습니까?"

"회장님……."

"응급환자를 수술하는 의사가 약속에 좀 늦었다고 골을 낼 쫄보는 아닙니다. 그러니 어서……."

서필호가 한 번 더 자리를 권했다.

"그래, 신원은 밝히셨습니까? 사실 그게 궁금하군요?"

"예. 다행히……."

짝짝!

서필호가 단아한 박수를 보내자 옆의 손자도 장단을 맞추었다.

"그렇다면 기다려 드린 보람까지 있습니다."

"회장님……."

"여기 제 손자입니다. 클럽 살인사건의 주인공이었죠."

서필호가 소개하자 손자가 자리에서 일어섰다. 그리고…….

꾸벅!

대뜸 큰절을 하는 게 아닌가?

"……?"

황당해하는 창하에게 서필호가 이유를 밝혔다.

"이놈이 망나니는 아니었지만 그렇다고 쓸 만한 재목도 아니었습니다. 그런데 클럽 살인사건으로 애를 끓더니 이렇게 변했습니다. 젊은 허영과 방황을 접고 견실한 사회인의 한 사람으로 돌아왔지 뭡니까? 지금은 저희 외주 회사에서 비정규직으로 일하고 있습니다. 제 손자인 것도 숨겼다던데 1년 안에 정규직이 되어 보이겠다고 합니다."

"……."

"이 선생님 뵈니까 어떠냐?"

서필호가 손자를 돌아보았다.

"달빛이 들어오는 줄 알았습니다."

손자가 얼굴을 붉히며 답했다.

"달빛 가지고 되겠느냐? 인생을 밝히는 은인은 적어도 햇빛 정도로 보여야 하는 법."

"과찬이십니다."

조손의 대화에 창하가 끼어들었다.

"이제 그만 가보거라. 교대 시간이 다 되어가지 않느냐?"

서필호가 손자에게 말했다.

"예, 그래도 선생님을 뵙고 가니 다행입니다."

손자가 인사를 하고 나갔다. 대화 중에 알게 되었지만 그는 오늘 야간 근무조였다. 10시까지가 출근 시간이란다. 해서 9시 반까지 기다리다 갈 예정이었고 한다.

"제가 민폐가 많았습니다."

"별말씀을. 오히려 인생의 경중과 선후를 배우는 시간이 되었을 겁니다."

"양해해 주시니 고맙습니다."

"그나저나 여기 어떻습니까? 너무 소박한가요?"

"아닙니다. 수제비 먹은 지가 오래라 마음에 듭니다."

"실은 제 40년 단골집입니다."

"……?"

"제가 새뚜기의 전신인 작은 가게를 차릴 때 자본금이 거의 없었습니다. 여기 와서 하루 한 끼만 먹으며 불철주야 일을 했지요. 여기 온 이유도 단 하나, 현재 사장님의 부친인 주인께서 양을 듬뿍 주었기 때문입니다."

"……."

"남들은 저보고 오뚝이라고 하지만 제 힘은 사실 수제비에서 나왔지요. 그게 고마워 예전 사장님이 돌아가신 후에 가게

에어컨을 갈아주었습니다. 이 선생님께 처음으로 밝히는 비하인드 스토리입니다."

"……."

"실은 방금 나간 저 녀석도 여기가 처음입니다."

"예?"

"언젠가 할아버지 따라 수제비 먹으러 가자고 했더니 정색을 하더군요. 그 후로 두말하지 않았습니다. 이 나이까지 인생을 살다 보니 자신의 방식을 남에게 강요해서는 안 된다는 교훈 하나를 얻었습니다. 회사에서도 집에서도, 그걸 지키려 애쓰고 있지요."

"아……."

고개가 절로 끄덕여졌다. 엄청난 재력에 굴지의 기업을 가진 총수. 생각까지는 몰라도 실천은 쉬운 일이 아니었다. 더구나 가족에게까지 그런 걸 실천하다니?

"오늘은 군말 없이 따라오더군요. 출근 시간이 임박하길래 먼저 한 그릇을 시켜주었습니다. 땀을 흘려보더니 한 그릇 제대로 비우더군요. 아마 이 할아비의 마음을 조금 더 이해하는 계기가 되었으리라 생각합니다."

"예……."

"그럼 우리도 식사를 할까요? 이 선생님도 출출하실 텐데……."

"그러시죠."

창하가 답하자 수제비가 들어왔다.

정말이지 소박했다. 손으로 빚은 수제비에 감자와 호박이 전부였다. 다른 곳처럼 바지락이니 낙지니 요란을 떨지 않아도 개운한 국물 맛이 일품이었다. 딸려 나온 건 갓 담은 김치에 매운 고추와 파를 다져놓은 간장뿐.

"드시죠."

서필호가 수제비를 권했다.

"어떻게 먹어야 가장 맛이 좋습니까?"

"선생님 마음대로죠."

서필호가 소탈하게 웃었다. 대개는 이러쿵저러쿵 훈수를 두는 게 보통이다. 그러나 그는 결코 자신의 생각을 강요하지 않았다.

개운하게 그냥 먹다가 땡초장을 조금 더했다. 담백하던 맛이 단숨에 칼칼하게 변했다.

"이 집 수제비는 사실 볼품이 없습니다. 시장통이나 장터에서 파는 것과 다름이 없죠. 하지만 육수와 반죽이 일품입니다. 제가 하는 말이 아니라 일전에 프랑스 합작 회사 임원들이 그렇게 말하더군요. 그때 자문을 위해 따라온 사람이 파리에서 미슐랭 별 세 개짜리 레스토랑을 하는 셰프였거든요. 그날 아마 세 그릇을 먹었죠?"

'미슐랭 쓰리 스타가?'

"저는 이런 게 뚝심이라고 생각합니다. 수제비 단품 하나로

50년을 버텨온 내공. 이거야말로 우리 사회가 본받고 지켜가야 할 품격 같아서요."

"공감합니다. 수제비에 대한 인식을 싹 바꿔주고 있습니다."

"인식의 변환이라면 선생님도 다르지 않더군요."

식사를 마친 서필호가 화제를 돌렸다.

"제가요?"

"실은 이틀 전에 청와대에 들어갔다 왔습니다."

'청와대?'

"기업가들 초청이 있었어요. 정부가 새로 들어섰으니 큰 그림이 있을 것 아닙니까? 기업들에게 그 방향성을 보여주려는 거죠."

"예······."

"뭐, 사실 우리들에겐 연례행사와도 같은 겁니다. 모든 정권이 그랬고··· 사실은 귀찮은 호출에 불과하지요."

"······."

"그런데 정 대통령께서는 좀 다르더군요. 어떻게 보면 이 집 수제비 냄새가 났어요."

"어떤 면이 그랬을까요?"

창하가 조심스레 물었다. 그건 창하도 느끼던 거였다. 그렇기에 재벌 총수의 입장은 어떤 것인지 궁금해졌다.

"다른 정권들이 치적과 규모에 집착한다면 이분은 내실이랄까요? 우리에게도 일방적 국정 과제를 통보하는 게 아니라 의견을 받아 반영하는 수순을 거쳤습니다. 다른 정권들과는 거꾸로였죠. 그때는 대통령이 일방적으로 '해라'였거든요."

"……."

"한 사람 한 사람, 관련 비서관들과 면담이 끝나면 최종적으로 따로 만나 협력을 부탁하더군요. 저도 15분가량 독대를 했습니다. 그때 문득 이 선생님 이야기가 나왔습니다."

"제 이야기요?"

창하가 시선을 들었다.

＊　　　　　＊　　　　　＊

"몇몇 기업은 다그침을 들었다고 하던데 저희 기업에는 칭찬을 하시더군요."

"새뚜기야 워낙 기업의 사명을 다하고 계시지 않습니까?"

"그렇지는 않죠. 저희도 부족한 게 많습니다."

"그거야말로 겸손이신 것 같습니다."

"절대 선이란 없다는 걸 말하고 있는 겁니다. 만약 저희보다 더 좋은 기업문화를 가진 곳이 많다면 저희가 사회적 지탄을 받겠죠. 그건 부검도 마찬가지가 아닐까요? 제가 부검에는 문외한이지만 죽은 사람의 사연을 100% 밝혀내기는 어렵다고 생각합니다. 그러니 절대 사인이 아니라 거기에 수렴해 가는 것."

"그럴 수 있겠군요."

"사실 저도 이제 늙었습니다. 은퇴가 내일 모래죠."

"무슨 그런 말씀을… 요즘은 90대까지 왕성하게 활동하는 분이 많잖습니까? 김형석 박사님이 그렇고 송해 선생이나 이길녀 여사님 등……."

"그분들하고 저는 결이 다르지요. 기업은 전쟁입니다. 장수가 판단 한 번 잘못하면 기업이 10년을 곤두박질칩니다."

"……."

"대통령이 겸허하시길래 대놓고 물었습니다. 저희 기업이 무엇에 공헌하면 좋겠습니까 하고요. 그랬더니 선생님 말씀을 하시더군요."

"……?"

"민간 법과학공사 말입니다."

"맙소사, 대통령께서 그런 말씀을 다 하셨단 말인가요?"

"저는 사실 장학 재단이나 문화재단 말씀하려나 했는데 법과학공사가 나와요. 처음에는 뭔가 싶었는데 곰곰 생각해 보니 무릎을 치게 되더군요. 제 손자의 결백을 밝혀준 것도 있지만 법과학이라는 게 첨단과학 시대에 더욱 요청되는 일이 아닙니까? 관련 책자를 보니 꼭 범죄에만 국한되는 것도 아니고요."

"그렇긴 합니다만."

"영국도 그렇지만 일본의 유전자 전문 컴퍼니도 각광을 받고 있더군요. 게다가 이 분야가 유전병에 대한 자료도 얻을 수 있고요."

"그건 맞습니다. 법의학이라고 해서 범죄 분석만 하는 건 아니죠. 부검으로 밝혀지는 유전병으로 가족을 구하거나 유사한 사고의 예방에도 기여할 수 있습니다."

"저희가 줄기세포 쪽도 진출해 있지 않습니까? 책임자를 불러 물었더니 유전병 연구에는 부검 자료 등이 큰 도움이 될 수도 있다고 하더군요."

"가능합니다."

"대통령께서 말씀하시길 선생님은 우리나라 부검의 역사를 다시 쓰고 싶어 하신다고요."

"그렇게까지는 아닙니다. 단지 한국의 법의학 수준이 상당함에도 국과수에만 편중되어 있는 시스템이 안타까운 데다 국가공무원법에 의한 기속 때문에 의학을 전공한 인재들이 지원하지 않는 현실을 타파해 세계적인 수준의 법의학을 구축해 보려는 구상을 하고 있을 뿐입니다."

"그건 맞습니다. 이제 병역도 대우를 개선해 나가는 마당에 의대 나온 의사들에게 박봉으로 일하라고 하면 누가 지원을 하겠습니까?"

"공감해 주시니 고맙습니다."

"투자 없는 곳에는 성공도 없는 법이죠. 모든 기업의 절대 법칙입니다."

"……."

"서로 포커스를 조금 맞췄으니 이제 좀 더 솔직하게 말씀드려 볼까요?"

서필호의 눈빛이 광채를 내기 시작했다. 그러고 보니 그의 눈빛은 단계적으로 빛을 내고 있었다. 처음 볼 때와 지금이 아주 달랐다.

"기업인으로 살다 보니 철칙 하나를 깨우쳤는데… 사회의 방향성은 때가 있는 법입니다. 그때 거기 올라타지 못하면 늦습니다."

"……."

"어떻습니까? 이 선생님이 이 사람과 손을 잡고 법과학공사를 개원하시면?"

"예?"

창하가 시선을 세웠다. 엄청난 딜이 나온 것이다. 그러나 서필호는 술 한 잔 마시지 않은 상태. 농담을 하는 것도 아니니 마냥 놀라울 뿐이었다.

"회장님?"

"제가 사람을 구분하는 세 가지 방법이 있습니다. 하나는 그 사람의 인성이오, 둘은 능력, 마지막은 음식 먹는 태도입니다."

"……?"

"인성이 나쁜 사람이 큰 성공을 하면 큰 재앙을 불러옵니다. 능력이 없다면야 말할 가치도 없고… 음식은 제 경험이지만 맛나고 정갈하게 먹지 못하는 사람치고 큰 일 하는 거 보지 못했습니다."

"회장님."

"미리 말씀드리지만 대통령이 권해서 하는 제안이 아닙니다. 솔직히 대통령 말은 1—2년만 버티면 물 건너갑니다. 3년차가 되면 레임덕이 오고 그때부터는 대통령도 기업 위에 군림하지 못하니까요."

"회장님……."

"은퇴 시기가 오면 뭔가 뜻있는 사업 한번 하려고 모아둔 자금이 있습니다. 장학 재단과 문화 사업도 중요하지만 그건 다른 기업도 많이 하는 일. 기왕이면 전무후무한 사업에 한번 투자하고 싶군요. 제 투자를 받아주시겠습니까?"

"회장님."

"갈 길이 멀다는 건 저도 압니다. 분위기 조성에다 관련 법안도 만들어야 하고… 그것만 해도 수삼 년은 족히 걸리겠지요. 하지만 대통령이 뒤에 계시니 그건 문제가 없을 것 같습니다. 그렇게 되면 시설과 인력인데 시설은 제가 책임을 지겠습니다. 우선 한 5,000억이면 될까요?"

'5,000억?'

창하 등골이 오싹해졌다.

500,000,000,000. 동그라미가 몇 개란 말인가?

"부족하면 1,000—2,000억 정도는 더 투자할 수 있습니다."

"회장님, 말씀은 고맙지만……."

"걱정 마세요. 돈 몇 푼 투자한다고 갑질 할 생각은 없습니다. 제 구상은 공공법인으로 출발하고 모든 권한은 선생님께 드립니다. 새뚜기는 단지 유전병으로 인한 법의학 자료를 공유받는 것으로 충분합니다. 물론 그조차 마음에 들지 않는다면 강요하지 않겠습니다."

"그럼 회장님은 무슨 실익으로?"

"진짜 기업가라면 기업의 이윤을 사회에 이익이 되는 방향으로 환원해야 한다고 생각합니다. 그게 세계를 선도하는 일이라면 더욱 그렇죠. 대신 선생님은 그 법과학공사를 세계 최고로 우뚝 세워놓으셔야 합니다."

"그건 백번 공감합니다만."

"그렇다면 MOU를 작성할까요?"

"MOU요?"

"증서는 그 어떤 사업에도 필요합니다. 돌아서서 딴말하는 사람들이 널렸거든요. 자신 없으신 건 아니겠죠?"

"절대 아니죠."

창하 목소리에 힘이 들어갔다. 이건 창하의 비원이었다. 꽁무니를 뺄 생각 따위는 꿈에도 없었다.

"그럴 줄 알았습니다. 약속은 오늘 하지만 준공식은 한 5년 가까이 걸릴 겁니다. 기왕이면 현 대통령께서 퇴임하기 전에 첫 삽을 뜨면 좋을 것 같습니다."

서필호 역시 직진이었다. 일체의 망설임도 없으니 그의 뚝심을 알 것 같았다.

그는 앉은 자리에서 MOU를 만들었다.

「5년 이내에 가칭 민간 법과학공사 설립에 합의한다. 이창하는 기술과 인력, 운영 전반을 책임지고 서필호는 설립 자금 일체를 책임진다.」

짧은 한 줄 아래 두 사람이 서명을 했다.

"잘해봅시다."

서필호가 악수를 청해왔다. 그 손은 제법 뜨거웠다. 창하와 서필호에게는 수제비집의 맹약으로 남는 장면이었다.

돌아오는 길, 원룸 주차장에서 대통령의 전화를 받았다.

"대통령님."

창하가 반듯하게 몸을 세웠다.

—자는 거 아니죠?

"예……."

—방금 서필호 회장님 전화를 받았습니다. 두 분이 만나셨다고요?

"예……."

—아쉽군요. 내가 파란 기와집에 살지만 않으면 같이 만나서 동동주 한잔 마시는 건데…….

"말씀만 들어도 영광입니다."

—좋은 시간이 되었다고요?

"제게는 너무 뜻밖의 제의를 하셔서⋯⋯."

―뜻밖이 아닙니다. 서 회장이 사람을 잘 본 거지요. 기업가의 본질이 무엇입니까? 문화 사업에 예술 사업도 좋지만 결국 국가의 미래를 위한 투자가 우선이죠. 두 사람의 의기투합이 결실을 맺기를 바랍니다.

"대통령님 퇴임 전에 준공식 삽을 뜨자고 하시더군요."

―기대가 되는군요.

"늦은 시간까지 신경을 써주시니 고맙습니다."

―대통령의 보람입니다. 그럼 푹 쉬세요.

정병권이 통화를 끊었다. 창하는 오래도록 핸드폰을 바라보고 있었다. 세상은 요철이다. 아귀가 물려야 돌아간다. 이 모든 것의 시발점은 방성욱이었다. 그가 창하를 초대한 날, 오늘이 예정되어 있었던 것이다. 그렇게 정병권을 만났고 이렇게 서필호를 만났다.

'고맙습니다.'

가슴에 품은 MOU를 만지작거리며 중얼거렸다. 기분 때문이었다. 오늘따라 밤하늘의 별이 저토록 밝아 보이는 것은.

부슬비가 내렸다. 커피 맛이 좋았다. 시체 만나는 남자 이창하. 그래도 커피는 마신다. 아침 신문을 보았다. 엊그제 인터뷰한 내용이 대문짝만 하게 나왔다. 부검복을 입은 사진이 굉장히 잘 어울려 보였다.

「추종 불허 국가대표 검시관 이창하」

타이틀부터 반짝거렸다. 덕분에 검시관들과 직원들의 축하 인사가 끊이질 않았다. 찻잔을 내려놓고 부검 결과 정리에 들어갔다. 이 부검의 대상은 미숙아였다. 너무 작아 메스를 대기도 미안할 정도였다. 질병이 아니라 원치 않는 임신이었다. 더 자세한 건 생각하지 않았다.

부검실에 들어섰을 때 원빈과 광배도 표정이 무거웠다. 참혹한 시신만이 마음을 무겁게 하는 게 아니다. 때로는 이렇게 작은 생명들의 울림이 더 큰 것이다.

"시작할까요?"

창하가 돌아보자 원빈이 루틴을 수행했다. 불이 꺼지자 아기의 명복부터 빌었다. 한 번 나고 한 번 가는 길이라지만 너무 일찍 간 것이다.

아기는 유약했다. 하지만 그보다 치명적인 건 의사가 주입한 약물이었다. 약물의 이름은 염화칼슘이었다. 낙태하는 과정이었다. 의사의 말에 의하면 아기의 발육이 좋지 않은 데다 산모가 임신 중에 술과 약을 복용해 분만 기간 동안 건강을 보장하기 어려웠다. 그래서 낙태 판단을 내렸다. 제왕절개로 꺼내면 바로 죽을 거라는 판단도 나왔다.

그런데······.

"아아앙!"

병약한 미숙아가 울음을 터뜨렸다.

"······!"

의사와 간호사는 황당했다. 아기가 죽지 않은 것이다. 낙태를 전제로 제왕절개를 했으니 살릴 수도 없었다.

"다들 나가 있어."

의사가 스태프를 내보냈다. 그의 판단은 염화칼슘 주입이었다. 아기는 수 분 후에 숨을 거두었다.

수술을 돕던 간호사 한 사람이 사태를 짐작했다. 양심의 가책에 시달린 그녀가 경찰에 신고를 하면서 미숙아가 창하에게 건너왔다.

의사의 낙태 역시 살인죄에 해당한다. 다른 것은 '사람'이냐, '태아'냐의 구분밖에 없다. 우리 법은 태아가 태반을 벗어나는 시점, 즉 분만이 개시되는 동시에 '사람'으로 규정한다. 거기에 더해 울음까지 터뜨렸으니 '생명'의 성립은 완벽했다.

의사는 혐의를 부인했다.

"처음에는 숨을 쉬었지만 곧 사망했습니다."

물론 거짓이었다. 창하의 부검 결과 염화칼슘을 주입한 혐의가 드러난 것이다.

"그 또한 낙태 수술의 한 과정입니다."

염화칼슘 검사 결과를 들이대자 그가 항변한 말이었다. 그래 봤자 그의 입장이다. 아기가 울음을 터뜨린 것이 결정적이었다. 그는 살인죄를 면할 수 없는 신세가 되었다.

아기도 산모도 의사도 모두 안타까운 경우가 되어버린 부검. 사인을 적어 넣을 때 문이 열렸다. 소장 피경철과 권우재 과장이었다.

"소장님, 과장님."

창하가 일어섰다.

"아아, 괜찮아. 하던 일 하시게나."

피경철이 손을 들어보였다.

"어쩐 일로 두 분이 같이 오셨습니까?"

"뭐겠나? 검시관들 일 제대로 하나 감시하려고 떴지."

조크를 날린 피경철이 의자를 차지하고 앉았다.

"그럼 다행이군요. 저는 업무 중이었으니……."

창하가 장단을 맞춰주었다.

"천만에. 컴퓨터 보고 있으면 다 업무인가? 요즘 컴퓨터로 다른 일 하는 사람이 한둘이어야 말이지."

"그럼 컴퓨터 포렌식 의뢰할까요?"

"사람… 농담 한 번 한 걸 가지고……."

"커피 드려요?"

"아닐세. 여기저기서 얻어먹다 보니 불면증이 걸릴 지경이야."

"아, 예……."

"자네 닥터 젠슨이라고 아나?"

"닥터 젠슨이라면… 아, 뉴욕검시센터장 말씀입니까?"

"진짜 알아?"

피경철의 미간이 확 구겨졌다.

"왜요? 무슨 문제가 생겼습니까?"

"그게 아니고 자네 미국이나 영국 연수 말일세, 우리가 먼저 오더를 넣어봤는데 그 양반이 직접 전화를 걸어왔어. 당분간은 아시아 부검의 초청이나 연수 예정이 없지만 자네라면 자리를 만들어보겠다고 하네."

"예?"

"콜인가? 거절인가?"

제9장
—
3주 태아, 엄마의 한을 풀다

"보내주시겠습니까?"

되묻는 창하의 목소리가 청아했다.

"아니면? 자네가 지금 우리 국과수의 실세 아닌가?"

피경철이 웃었다.

"과장님도 그렇게 생각하십니까?"

창하가 권우재를 돌아본다.

"나야 뭐 소장님이 그러시다면……."

"그럼 실세가 결정하겠습니다. 두 분이 허락하시면 가겠습니다."

"나는 허락."

"저는 소장님께 물어갑니다."

피경철과 권우재가 동시에 말했다.

"고맙습니다. 두 분……."

"천만에. 저쪽에서 모셔간다는 데야 누가 반대를 할까? 국과수 개원 이래 처음 있는 일일세."

"앞으로 종종 일어날 수 있도록 고속도로 닦아두고 오겠습니다."

"그러시게. 기간은 얼마면 좋겠나?"

"한두 달 정도면 될 것으로 봅니다만."

"한두 달?"

피경철이 고개를 들었다.

"너무 많습니까?"

"천만에. 아무리 자네지만 한 6개월은 잡아야 하는 것 아닌가?"

"양보다 질로 지내다 오겠습니다. 기간이 좀 타이트해야 저도 더 집중할 테고요."

"그러시게. 자네라면 다 생각이 있어서 한 말일 테니 그렇게 연결하겠네."

피경철은 흔쾌했다. 창하의 미국행은 이제 가시권이었다.

이날 늦은 오후, 젠슨에게 전화가 들어왔다. 막 퇴근을 준비하던 참이었다.

─이 선생님. 나 젠슨입니다.

그의 목소리는 아주 밝았다.

"안녕하세요?"

창하도 영어로 응대를 했다.

─한국에서 반가운 공문 하나가 들어왔습니다. 선생님이 미국에 오려 한다는 게 사실입니까?

"물론이죠. 젠슨께서 받아만 주신다면."

─나야 무조건 환영이죠.

"기회가 되겠습니까?"

─지금 방안을 강구 중에 있습니다. 가장 좋은 조건으로 모시려고요.

"그런 건 개의치 않습니다."

─하지만 우리 아메리카와 코리아의 시스템이 좀 달라서 말이죠.

"아, 네……."

창하가 한숨을 죽였다. 각국은 법과 제도가 다르다. 그렇기 때문에 상호 인정하는 협정을 맺지 않으면 자국의 라이센스를 인정받지 못할 수도 있었다.

─아시겠지만 코리아의 부검의와 미국의 법의관은 차이가 있습니다. 실력만으로 본다면야 이 선생에게는 무의미한 장애물입니다만…….

"이해합니다."

─해서 말인데 이 기회에 USMLE와 ECFMG 테스트를 치르면 어떨까요?

USMLE와 ECFMG.

전자는 미국 의사 시험이고 후자는 외국 의학생 자격 심사 시험이다. 더불어 외국의 의사들이 미국 내 병원에서 전공의, 펠로우십 등으로 수련할 수 있는 라이센스이기도 했다.

─두 시험만 통과하면 미국 법의관 자격을 받을 수 있도록 주선해드리겠습니다.

"좋은 제안이군요."

─죄송합니다. 이 선생의 실력을 알지만 제도라는 게……

"아닙니다. 그렇잖아도 그런 생각을 하던 참이었습니다."

─필요한 자료는 제가 지원할 수 있습니다. 보통 crush the boards step2, kaplan q book, kaplan q bank, appleton & langer 정도 보는데 그거면 될 것으로 봅니다만.

"그건 도움이 없어도 괜찮습니다. 방성욱 선생님의 족보가 제게 있거든요."

─호오, 그게 사실입니까?

"예. 그러니 두 시험을 통과한 후에 다시 연락을 드리겠습니다."

─그러세요. 곧 좋은 소식 기다리겠습니다.

닥터 젠슨과의 통화가 끝났다.

이따금 생각하던 그날이 결국 오고 말았다. 미국 법의관이 될 필요는 없다. 그러나 미래를 보면 필요했다. 법과학공사를 만든다면 그 최종 경쟁 상대는 미국과 영국 등이 된다. 그들의 시스템과 자격 없이 그들과 경쟁할 수 없었다. 더구나 겁날 것도 없었다. 방성욱의 경험치는 창하 안에 고스란히 녹아 있었다.

'미국 법의관이라⋯⋯.'

또 하나의 목표가 생겼다.

내친김에 인터넷 접수를 했다. 미국 의사 시험은 온라인으로도 접수가 가능하다. 한국의 지원자들은 캘리포니아와 뉴욕에 많았다. 창하 역시 뉴욕을 골랐다. 온라인 접수가 완성되는 데는 약 1주일이 걸린다.

'OK.'

접수를 마치고 일어설 때 피경철이 들어왔다.

"약주 한잔 생각나세요?"

상의를 집어 들던 창하가 물었다.

"그럴까?"

"오늘은 제가 쏘죠. 대신 미국행은 약간의 시간이 걸릴 것 같습니다. 젠슨이 미국 법의관 자격을 갖추고 오면 좋겠다네요."

"그렇군."

대답하는 피경철의 표정이 무거웠다.

"큰 사건이군요?"

창하가 옷을 내려놓았다.

"미안하네. 위에서 자네를 지명해 버렸어."

"혹시 여배우 권도희?"

"그렇네."

피경철이 쓸쓸하게 웃었다.

권도희는 이틀 전에 자살한 초특급 배우였다. 굵직한 여배우가 부족한 영화계에 20년 만에 나온 대형 스타감이라고 했다. 연극배우 출신으로 탄탄한 연기력을 갖춘 그녀. 올해 천만 관객을 동원한 영화 두 편의 주연을 맡으면서 일약 최고의 연기자로 떠오른 사람이었다.

그러나 이틀 전, 한 별장에서 목을 매고 죽었다. 그 별장은 원래 국내 굴지의 언론사 회장 사촌의 소유였다. 그러나 6개월 전에 권도희에게 명의가 변경되면서 여러 가지 억측이 나돌던 시점. 더구나 자살한 날이 하필 권도희의 생일이었기에 일파만파가 되고 있었다.

사건 당시, 연예인들과 기획사 대표 등 20여 명이 참석해 조촐한 파티를 했다. 권도희의 자살은 그들이 돌아가고 2시간 후에 결행되었다. 발견자는 담당 매니저였다. 중요한 가방을 잊고 온 그가 서울 부근에서 차를 돌려 돌아갔을 때 그녀는 이미 싸늘한 시신이 되어 있었다.

창가의 테이블에는 그녀의 친필 유서가 놓여 있었다.

「여기까지 오는 게 너무 힘들었어요. 이제 편하게 쉬고 싶어요. 부검은 하지 말아주세요.」

짧은 두세 문장이 작별 인사의 전부였다. 파티 참석자 20여 명이 불려가 조사를 받고 주변인물들 조사가 이어졌지만 특별한 건 나오지 않았다. 결정적으로 유서가 있으니 자살을 의심할 여지도 없었다.

권도희는 홀어머니 밑에서 자랐다. 홀어머니 역시 그녀의 자살 이유를 몰랐다. 그러나 톱스타의 자리를 유지하는 게 힘들다는 건 알고 있었다.

"부검은 하지 않습니다."

어머니의 선언이었다. 딸의 유지를 따르는 것이다. 그렇기에 부검은 하지 않는 걸로 알고 있던 국과수였다.

하지만 검찰 입장은 다른 모양이었다. 일단은 이런저런 첩보가 문제였다. 스폰서 문제도 있고 성 접대성 목격담도 들어왔다. 개중에는 구체적인 것도 있었다. 더구나 유명인이기에 사인을 분명히 밝혀야 한다는 입장이었다.

어머니가 검찰의 설득을 받아들였다. 거기에는 창하의 네임 밸류가 한몫을 했다. 그 신뢰감을 믿은 것이다.

"말만 소장이지 맨날 자네만 굴려서 면목이 없네."

"저는 소장님께 면목이 서서 좋은데요."

"사람… 오래 걸리지는 않겠지? 한잔은 그 후에?"

피경철이 대안을 제시했다.

"좋죠. 차큰차큰한 맥주로요."

창하가 콜을 받았다. 차큰차큰은 피경철의 단골집에서 들은 사투리였다.

톱스타 권도희는 조촐하게 도착했다. 인솔자는 이장혁 검사였다. 그건 창하로서도 뜻밖이었다.

"워낙 유명한 분이다 보니 제가 맡게 되었네요. 죄송합니다."

장혁은 고개부터 숙였다.

"들어가시죠."

창하가 부검실을 가리켰다.

권도희는 이미 부검대 위에 놓여 있었다. 그녀의 마지막 선택은 압박붕대였다. 얼마 전 촬영장에서 발목을 삐었을 때 썼던 거라고 한다.

몸매 따위는 보지 않았다. 살아 있을 때는 모든 게 소중하지만 막상 죽음이 닥쳐오면 단 한 가지만이 소중해진다. 바로 목숨이다. 목숨이 져버리면 S라인 몸매도, 조각 같은 콧날도, 별빛 같은 눈동자도 소용없다.

의흔부터 확인했다. 끈 자국은 현수 위치의 반대쪽에서 가장 강하게 먹혔다. 설골과 갑상연골 사이를 지났고 귀밑을 지났다. 표피박탈 역시 많지 않았다. 시반 때문에 팔과 하반신이 얼룩져 보였고 혀끝이 살짝 튀어나와 있었다.

그래도 현수점과 압박붕대 외의 삭혼이 있는지는 면밀하게 살폈다. 만에 하나라도 의사를 위장한 타살일 수 있기 때문이었다.

외표 검사가 끝난 후에 절개를 했다.

"흑!"

참관 중인 어머니가 눈물을 뿌리며 고개를 돌렸다.

위장 안에 든 건 거의 없었다. 소소한 샐러드 약간과 술이었다. 파티의 주관자가 요리보다 술을 주로 마셨다는 것. 자살에 대한 결심을 전부터 해왔다는 방증으로 보였다.

"유서 말고 다른 암시 같은 거 나왔나요?"

창하가 장혁에게 물었다.

"최근에 힘들다는 카톡을 지인들에게 한두 건… 하지만 다들 일상적인 피로 호소 정도로 넘겼다더군요."

"아휴, 나도 그랬어요."

옆에 있던 어머니가 또 한 번 자지러졌다.

선생님.

원빈이 눈짓을 보내왔다. 전동톱이었다. 목을 매고 죽은 자살자. 머리를 열 필요까지는 없었다. 그렇기에 망설이는 것이다. 창하가 그 의견을 받아주었다.

위액과 혈액을 채취하고 소변을 채취했다. 의혼이 뚜렷하고 타살의 혼적이 없으니 그만두어도 되었다. 그러나 부검이란 만의 하나까지 찾아내야 하는 것이지 외관으로 드러난 사실을 확인만 하는 것이 아니었다. 그렇기에 질에서 체액 검사도 실시했고…….

톡!

소변으로 임신검사도 수행했다.

'윽!'

순간, 퀵 테스트에 떠오른 붉은 라인에 창하 미간이 과격하게 일그러졌다.

"임신입니까?"

부검을 많이 참관한 장혁이었다. 눈치로 때려잡고 나지막이 물었다.

"아직은⋯⋯."

창하는 좀 더 기다렸다. 퀵 테스트에 나온 반응은 Trace였다. 양성도 음성도 아닐 수 있는 상황.

"혈액검사 맡기실 때 성선자극호르몬 검사도 포함시켜 달라고 해주시고요 응급으로 부탁한다고 해주세요."

창하가 구체적인 오더를 냈다. 성선자극호르몬은 임신을 하면 분비되는 호르몬이다. 수정 후 2주가 지나면 수치 확인이 가능하다.

자궁은 그 다음에야 조심스레 열었다.

"움쓰."

창하 눈빛이 격하게 출렁거렸다. 아직은 태아의 형태를 갖추지 않은, 너무 작아 세포처럼 보이는, 그러나 완전하게 착상된 태아가 나온 것이다.

"선생님."

장혁이 다시 물었다.

"조금만요. 조금만 기다리세요."

부검을 멈추고 호르몬 검사 결과를 기다렸다. 권도희에게 있어 태아의 유무는 엄청난 파장을 불러올 수 있었다. 그렇기에 최대한 신중을 기하는 창하였다.

'3주에서 4주 사이……'

창하의 판단이었다. 이런 착상이라면 아직 1개월 이내다. 착각이 아니라면 이건 분명한 임신이었다. 그때 원빈이 화면을 가리켰다.

"호르몬 검사 결과 들어왔습니다."

"……!"

화면을 본 창하가 하얗게 굳어버렸다.

"사망자는… 임신 중이었습니다. 약 3주—4주차……."

"아이고!"

결과를 들은 어머니가 그대로 넘어갔다.

「권도희 임신.」

뜻밖의 결과가 나왔다.

"절대 보안입니다."

장혁은 입단속부터 하고 나왔다. 어머니도 몰랐던 임신 사실. 사인은 자살이지만 일파만파가 될 일이었다.

톱스타의 임신.

그냥 넘어갈 수 있는 일이 아니다. 장혁은 수사 상황을 전면 재검토했다. 참고인으로 소환된 몇몇의 의견을 다시 들었다. 그녀의 임신을 아는 사람은 그 누구도 없었다.

"집 안 재수색 해봐."

장혁이 엄명을 내렸다. 뒤뜰의 작은 소각장 옆 들풀 사이에서 일회용 임신테스트기가 나왔다. 그 또한 약양성 반응, 즉 Trace였다.

신용카드를 추적해 임신테스트기 구매 일자를 알아냈다. 이틀 전이었다. 그렇다면 권도희의 임신은 자살과 관련이 있을 가능성이 높았다. 장혁에게는 성 접대 등의 제보가 들어온 상황. 태아를 임신시킨 상대방을 알아볼 필요가 있었다.

"선생님."

장혁이 창하를 바라본다.

"가능합니다."

창하는 질문이 다 나오기도 전에 답했다. 작은 멍울에 불과한 태아. 그러나 그 또한 생명체였으니 친자확인은 가능했다.

"그럼 태아의 반쪽 DNA 주인부터 찾아야겠군요."

대한민국의 타락한 지도층과, 연예인 커넥션으로 실익을 챙기는 부류들에게 일대 광풍을 예고하는 장혁이었다.

*　　　*　　　*

「자살한 톱스타 권도희, 부검 결과 임신 상태로 밝혀져 패닉」

「태아의 아버지는 누구일까?」

「검찰, 원치 않는 임신으로 판단해 수사 착수」

「국과수 부검의 개가, 임신 초기 반응까지 잡아내다.」

「권도희 주변 인물들 DNA 검사에 촉각 곤두」

언론에 불이 붙었다. 권도희의 팬클럽은 시청 앞 광장에 모여 의혹을 풀어달라는 시위까지 벌였다. 방송과 인터넷은 연일 관련기사로 도배가 되었다.

국과수와 검찰은 숨 돌릴 사이도 없었다. 국과수에는 권도희의 핸드폰 포렌식이 의뢰되었다. 하지만 신기하게도 나온 게 없었다. 그녀의 핸드폰에는 딱, 연예계 관련자들과 지인, 가족의 것만 저장되었고 통화 내용도 역시 그랬다.

사회 지도층의 DNA 검사도 원활하지 않았다. 그들은 한결 같이 검사 거부 의사를 밝혔다. 권도희는 죽었고 태아는 그녀의 직접 사인이 아닌 상황. 강제로 유전자를 채취할 길은 없었다.

물론 편법은 있었다. 대상자의 생활 반경에서 머리카락이든 담배꽁초든, 혹은 커피 마신 잔 같은 것을 구하면 되었다. 그러나 그 또한 후폭풍이 있을 수 있어 판단에 부심하는 장혁이었다.

검찰의 헛다리였을까? 그것도 아니면 일부의 의견처럼 그녀가 남자들과 놀아나다가 엉뚱한 인간의 아기를 갖게 되자 극단적 선택을 한 걸까?

검찰은 엉뚱한 곳에서 국면전환을 이루게 되었다. 별장 재수색에서 시체가 나온 것이다.

"이게 뭐죠?"

별장을 재수색 할 때였다. 부서진 강마루 바닥재를 집어 들던 수사관이 장혁을 불렀다. 바닥재 아래에서 비친 흰 물질 때문이었다.

"파봐."

지푸라기라도 아쉬운 장혁이 지시를 내렸다. 조금 파들어가던 수사관이 엉덩방아를 찧었다. 부패된 시체였다.

권도희의 별장에서 나온 시체. 한 번 더 세상을 뒤집어놓았다.

부검은 창하에게 맡겨졌다. 원빈이 보디 백을 열었다. 시신은 부패의 끝을 달리고 있었다. 피부와 연부조직들이 모두 녹아내려 외상의 유무는 파악할 수 없었다.

성별은 여자였다. 그 정도는 창하에게 일도 아니었다. 법인류학적 관점으로 살펴보니 나이는 20대 중반이었다.

두개골 역시 큰 문제가 없었다. 머리 쪽 타격에 대한 것도 접어두었다. 남은 건 독극물이었다. 골수가 위치한 뼈를 골라 샘플을 땄다. 현장에 부탁한 시체 아래쪽의 흙도 함께 분석실로 보냈다. 오래된 시신에서 취할 수 있는 방법은 다 사용하는 창하였다. 아무리 최악이라고 해도 부패한 시신은 전소(全燒)된 시신보다 백배는 나았다.

남은 건 사망 시기였다. 부패된 시신의 사망 시기를 맞추는 건 언제나 쉽지 않다. 시신이 있던 장소에 따라 큰 차이가 나기 때문이었다. 이런 문제에 기준을 세워준 카스페르 공식을 불러냈다. 시신의 부패 속도는 흙, 물, 공기로 구분하고 비율은 보통 1대 2대 8로 정한다. 시신이 나온 곳이 흙 속이었으므로 역산해 들어갔다. 사망 시기는 대략 2년 전쯤이었다.

함께 묻힌 건 얇은 겉옷이 전부. 그런데 한국에서는 잘 보지 못하던 문양이었다. 의류분석실로 보내 결과를 얻었다. 필리핀의 전통의상인 바롱 따갈로그에서 쓰는 것이었다. 그 결과는 DNA 검사와도 맞아떨어졌다. 시신의 DNA가 필리핀 계열로 나온 것이다.

부검 결과를 받은 수사진이 탐문에 들어갔다.

2년 전의 필리핀 젊은 여성.

예상 외로 쉽게 탐문이 되었다. 별장 입구에 홀로 사는 할머니가 그녀를 기억하고 있었다.

"그 집 가정부였는데 어느 날 도망쳤다고 들었어."

그 진술을 가지고 언론사 회장의 사촌인 박석태를 찾아갔다. 박석태는 별수 없이 필리핀 가정부의 존재를 인정했다. 하지만 범행에 대해서는 단호하게 부인을 했다.

"필리핀 지인에게 소개 받은 여자였어. 그때 우리가 엘니도에 가서 일주일을 묵었는데 귀국해 보니 달아나고 없더라고. 워낙 그런 일이 비일비재한 데다 필리핀 가정부 자체가 불법이라 신고하지 않았어."

박석태가 부인하니 다른 사람을 추적했다. 별장 안에다 가정부를 매장할 사람이면 별장과 연관이 있는 사람이 틀림없었다.

범인은 박석태의 운전기사였다. 검찰에 데려다 심문하니 바로 이실직고를 해왔다.

"사장님 없을 때 제가 건드렸어요. 그랬더니 이게 자꾸 결혼을 해달라는 거예요. 저는 마누라가 있던 몸이라 하는 수 없이……."

"얼마 전에 그만뒀다던데 별장에서는 얼마나 일했어?"

장혁이 캐물었다.

"한 3년 쯤……."

"그런데 왜 그만뒀지?"

"……."

운전기사가 입을 다물었다. 감을 잡은 장혁이 세게 밀어붙였다.

"당신 권도희도 건드렸지?"

"예? 내가요?"

기사의 얼굴이 창백하게 변했다. 고인에게는 미안하지만 지나치게 반응하는 모습에 확신을 얻어 계속 몰아쳤다.

"사실대로 말해. 그녀의 소지품과 속옷 등에서 체액이 여럿 나왔어."

"아, 나는……."

"건드렸지?"

"아, 아닙니다. 나는 그 여자 빤쓰밖에 안 건드렸어요."

"빤쓰?"

"그냥 호기심에 한두 개 슬쩍……."

"그럼 누구? 박석태?"

"……."

"말해. 어차피 전방위 수사 들어가 있어. 기왕 이렇게 된 거 형량이라도 덜어야지?"

"아, 씨발……."

"말 안 해?"

"누가 건드렸는지는 나도 몰라요. 하지만 잘나가는 인간들 실어다준 적은 있어요."

"잘나가는 인간들 누구?"

"아, 이건 말하면 안 되는데……."

"박학규!"

"마병준 회장님, 그리고 문인조 대표……."

"마병준이면 박석태 사촌 형님?"

"예……."

"언제?"

"권도희 사고 나기 이틀 전 자정 무렵에……."

이틀 전.

장혁의 촉을 맹렬하게 자극하는 단어였다.

"그 양반도 기사가 있을 텐데 왜 당신이?"

"그게… 마 회장이 박 사장님 집에 오면 거기서부터 제가……."

"그들 둘이 어떤 사이였어?"

"그거야……."

"이봐, 기왕 털어놓을 거 시원하게 가자고."

"아, 씨발… 그걸 꼭 물어봐야 알아요? 스폰이잖아요."

"자세히!"

"일 년에 몇 번 정도 그랬어요. 마병준 회장님 혼자거나 혹은 지인 한 명 정도 데리고… 그렇게 가면 권도희와……."

"……?"

"장나래가……."

"장나래?"

"예."

제3의 인물이 또 나왔다. 이 또한 반가운 소식이 아닐 수 없었다.

"좋아. 날짜 짚어."

장혁이 달력을 내밀었다.

"날짜요?"

"생각나는 대로 짚으라고."

"으어어, 젠장할."

운전기사가 날짜를 고르기 시작했다. 그가 숫자 하나를 짚을 때마다 장혁의 사기는 백배씩 충전하고 있었다.

장나래가 소환되었다. 그녀는 시작부터 거물 변호사를 대동했다. 지검장을 지낸 중량급이었다.

"저는 아는 거 없어요."

그녀의 답은 한마디였다.

"목격자가 있습니다."

장혁이 배수진을 쳤다.

"그 사람이 잘못 봤겠죠."

이미 중량급 변호사의 조언을 받은 눈치. 역시 만만치 않았다. 별수 없이 대질심문에 들어갔다.

"그때 권도희와 있었잖아요?"

운전기사가 말하면,

"그런 적 없어요."

장나래는 담담했다. 그녀 역시 연기자 출신이다. 눈빛 한 번 흔들리지 않는 것이다.

"자네들 아직도 이런 식으로 수사를 하나?"

중량급 변호사가 제동을 걸었다. 잠시 휴식 시간을 가졌다.

"다른 목격자 없어?"

복도로 나온 장혁이 운전기사에게 물었다.

"필리핀이 봤지만……."

"그 여자 죽은 후로 다른 가정부는 없었단 말이야?"

"있긴 했지만 마 회장님이 올 때는 미리 외출을 보내
서……."

"그럼 몰래카메라 같은 건?"

"……!"

장혁의 질문에 운전기사의 시선이 출렁거렸다.

"있군?"

"아뇨, 그런 거 없습니다."

운전기사는 정색하지만 이마에는 이미 식은땀이 흥건하게
흘러내렸다.

"뭐야? 지금 당신, 나 간 보고 있는 거야?"

"아, 아닙니다."

"그럼 제대로 말해. 몰카 있지?"

"몰카라기보다는……."

운전기사가 고개를 떨구었다. 그가 숨기는 사실이 하나 있
었다. 바로 권도희에 대한 협박이었다. 마병준, 박석태와의 관
계를 눈치 챈 운전기사, 필리핀 가정부가 죽자 권도희에게 흑
심을 품고 있었다.

'늙은이들도 데리고 노는데 나는?'

결국 비밀스레 동영상을 찍었다. 마병준과 권도희의 관계 장면이었다. 그걸 권도희에게 보여주며 협박을 했던 것.

"딱 한 번이면 되거든……."

쫙!

권도희의 답은 따귀였다. 그렇게 끝난 일이었다. 약이 올랐지만 박석태와 마병준의 입지를 생각하면 더는 나댈 수 없었다. 그 일은 스스로 생각해도 협박이기에 권도희의 자살과 관련해 추가 형량을 받을까 봐 이때껏 숨겨왔던 것이다.

"……!"

동영상을 본 장혁과 윤승구 검사가 쾌재를 불렀다. 커튼 틈새로 촬영된 영상에는 두 사람이 출연하고 있었다. 권도희는 완전 속옷 차림이었고 마병준은 그런 그녀를 안고 침대로 가는 장면이었다. 커튼 때문에 침대는 보이지 않았다. 얼마 후에 권도희가 욕실을 향해 걸었다. 이제는 완전 나체의 뒷면이었다.

"나이쓰."

장혁이 손을 내밀자 윤 검사가 후려쳤다. 속 시원한 하이파이브였다.

검찰은 우회전했다.

마병준을 부른 게 아니라 언론에 먼저 흘렸다. 마병준 압박에 나선 것이다. 인터넷에 올라오는 댓글들이 볼 만했다.

─결백하면 DNA 검사 받아라.

─응, 권도희를 죽인 살인자 시키는 마병준이네. 사형에 처해.

─더듬어만진당이 이 기사를 부러워합니다.

─곳츄를 압수수색 하라.

─만난 적도 없다면서 임신까지 시키는 절대 능력자를 인구절벽 구세주로 임명합시당.

마병준은 결국 유전자 검사에 응했다. 결과는 창하가 발견한 태아 절반의 주인이었다.

권도희의 자살 발단은 결국 마병준이었다. 권도희는 관계청산을 요구했지만 마병준이 들어주지 않았다.

"너 많이 컸다?"

삐딱선을 타는 권도희에게 약물을 먹이고 동영상을 찍었다. 권도희가 자살을 결행하기 약 4주전이었다. 희미한 의식으로도 몸부림을 치며 저항했지만 절대 비극의 싹이 트고 말았다. 상상도 못 한 공포 배란이 일어난 것이다.

공포 배란은 공포를 느낄 때 느닷없이 일어나는 배란을 뜻한다. 단 한 번의 성행위로 임신이 가능해지는 것이다. 권도희로서는 절대 원하지 않던 일. 배란 주기로도 임신은 불가능한 일이었지만 그렇게 되고 만 것이다.

동물로 예를 들면 배란의 형태가 다르다. 야생에 사는 토끼나 낙타 같은 경우, 수컷이 교미 동작을 취해야만 암컷의 배란이 일어난다. 하지만 원숭이의 경우에는 공포를 느껴야 배란이 된다. 그런 이유로 수컷 원숭이는 교미 전에 공포 분위기부터 조성한다. 그래야 암컷 원숭이에게 배란이 일어나 교미가 가능해지는 것이다.

이런 공포 배란은 사람에게도 적용된다. 특히 강간처럼 원하지 않는 행위를 당할 때 배란주기와 상관없이 배란이 되는 여자가 있다. 권도희도 그중 한 사람이었다.

마병준으로 인한 임신.

권도희에게는 치명타였다. 스폰서 관계는 매니저도 모르고 어머니도 몰랐다. 게다가 유명한 연예인 신분의 여자. 산부인과에 가서 낙태를 할 수도 없는 신세가 된 것이다.

무엇보다 태아의 아버지가 마병준이라는 사실이 그녀를 절망케 만들었다. 데뷔 초기에 피치 못해 만난 사람. 그러나 해를 거듭하면서 추악한 면을 많이 보았기에 이제는 이름만 들어도 오바이트가 쏠릴 지경이었다. 더구나 그만 만나자는 요청 이후에 마병준의 요구는 점점 더 추악하고 신랄해지고 있었으니…….

죽는 수밖에.

그녀의 선택지는 압박붕대였다.

그러나 그 태아가 엄마의 한을 풀어준 키가 되었다. 아이러니가 아닐 수 없었다.

"이야, 이 사건 이제 어떻게 되는 거죠?"

부검 자료 정리를 하던 원빈이 창하에게 물었다. 테이블에 놓인 신문 때문이었다.

"그거야 뭐 검찰이 알아서 하겠죠."

"완전 줄줄이 사탕이네요. 마병준에 문인조, 심지어는 박석태 운전기사까지 껄떡……."

원빈이 고개를 저었다. 사건은 일파만파로 번지고 있었다. 결국 이끌어낸 장나래의 자백 때문이었다. 중량급 변호사를 믿고 버텼지만 팩트 앞에서는 오래가지 못했다.

알고 보니 그녀, 연예인들과 재력가들의 불손한 만남을 스폰이라는 이름으로 포장해 준 브로커였다. 지금까지 밝혀진 것만 연예인 20여 명에 재력가 40여 명. 심지어는 남자 연예인을 여자 재력가에게 소개해 준 경우도 있었다.

"요즘 연예인들하고 재력가들 잠 못 이루겠어요?"

"대신 권도희 씨가 평안히 영면에 들면 좋죠 뭐."

창하가 답했다. 서류 정리가 끝나갈 때 노크 소리가 들렸다.

"천 선생님이신가?"

원빈이 고개를 들었다. 들어선 사람은 광배가 아니라 권도희의 어머니였다. 손에는 작은 꾸러미가 들렸다.

"여긴 어떻게?"

창하가 일어나 그녀를 맞았다. 어머니는 인사부터 해왔다.

"고맙습니다."

그러고는 눈물이 성글 맺힌다.

"……."

"선생님 부검 덕분에 우리 도희의 한을 풀었습니다. 스폰이랍시고 그 늙은 것들에게 당하면서 얼마나 참담했겠어요. 자칫하면 죽은 이유도 모를 뻔했는데 선생님 덕분에……."

"아닙니다."

창하는 오히려 그녀의 어머니를 위로했다.

"그럼……."

어머니는 허리를 숙여 보이고 문을 나갔다.

"아, 씨… 기분 열라 꿀꿀하네요. 진짜 죽을 사람은 마병준 같은 놈들인 거 같은데……."

원빈이 쓴웃음을 삼켰다.

꾸러미를 펴니 대추설기가 나왔다. 어찌나 정갈하게 빚었는지 예술 작품처럼 보였다.

"가져가서서 천 선생님이랑 나눠드세요."

하나만 빼고 원빈에게 안겨주었다.

창밖으로 어머니가 보였다. 처음 국과수에 들어올 때보다는 가벼운 걸음이었다. 테이블로 걸어가 신문을 집어 들었다. 마병준의 얼굴이 대문짝만 하게 나온 기사였다. 그대로 구겨 쓰레기통에 처박았다. 나머지 대가는 장혁이 치르게 해줄 것으로 믿었다.

제10장
—
너무나 특별했던 피로회복제

드륵!

문이 열리자 창하가 일어섰다. 서필호와 두 명의 국회의원이 들어섰다. 교외에 있는 골프 클럽에서 가까운 복국집 내실이었다.

"오래 기다리셨습니까?"

서필호가 창하에게 물었다.

"아닙니다. 방금 도착했습니다."

"인사하세요. 여기는 민세당 중진들이신 백우선 의원님과 노재명 의원님."

"처음 뵙겠습니다. 국과수 검시관 이창하입니다."

창하가 먼저 신분을 밝혔다.

"반갑습니다. 말씀 많이 들었습니다."

두 의원이 악수를 청해왔다. 차례로 손을 잡고 자리에 앉았다.

"지리로 할까요?"

서필호가 메뉴를 묻는다.

"우린 괜찮습니다. 거기 이 선생님은?"

"저도 좋습니다."

백우선이 묻자 창하가 답했다.

"엊그제 마무리된 권도희 사건, 알고 보면 이 선생님 작품이라면서요?"

"작품이라니요? 저는 단지 부검을 맡았을 뿐입니다."

"임신 초기까지도 구분이 되는 겁니까?"

"작아도 생명이니까요."

"그것 참… 나도 마병준 그 양반 몇 번 본 적이 있는데……."

"제 후원회 때도 오지 않았겠습니까? 보좌관에게 확인하니 그동안 2천만 원 정도 후원이 들어왔다고 합니다. 제가 다시 돌려주라고 엄중 지시를 내렸습니다. 인품 있는 사람인 줄 알았더니 불한당 아닙니까? 딸 같은 연예인을……."

노재명이 고개를 저었다.

"노욕이죠. 다들 충격이 큽니다. 그 양반이 언론사 중에서도 선두 주자 아니었습니까? 그런데 엉뚱한 활동까지 왕성했다니 이거야 원⋯⋯."

"아무튼 이 선생님이 대단하십니다. 전에 미궁 살인도 범인의 단서를 잡았다고 하더니 정말 부검을 위해 태어나신 분인 것 같습니다."

"과찬이십니다. 그저 할 일을 했을 뿐입니다."

"이 선생님."

관망하던 서필호가 묵직하게 입을 열었다.

"여기 두 의원님은 저하고 막역하십니다. 마침 두 분의 상임위가 이 선생님이 생각하는 법과학공사와 연관이 있어 모셔 왔습니다. 구상이 아무리 좋아도 사람들의 공감을 사지 않으면 곤란하거든요."

"예⋯⋯."

"식사하시면서 천천히 말씀드려 보세요. 제가 대략 설명 드려서 얼개는 잡고 계십니다."

"알겠습니다."

"그래, 필드 돌면서 듣자니 민간 국과수의 필요성을 주창하신다고 하더군요. 처음에는 흘려들었는데 권도희 사건을 보니 와닿더군요. 사실 사회가 다원화되면서 범죄와 관련되지 않은 과학적 분석도 필요한 때가 되었고요."

백우선이 나섰다.

"우선 관심을 가져주셔서 감사합니다."

창하가 예부터 갖추었다. 정치인이라면 환멸 상태에 가깝지만 둘은 민주세상당의 중진들. 세상을 변혁시키는 데는 창하나 장혁보다 이들의 힘이 절대적이었다. 이들을 따르는 국회의원만 해도 40여 명을 넘는 까닭이었다.

"솔직히 말씀드리면 저도 시신이나 만지는 검시관이 되고 싶지 않았습니다. 하지만 막상 적을 두고 보니 이 일의 보람이 크더군요. 하지만 근무 환경이나 사회적 인식, 대우 등이 열악하니 인재들의 외면을 받고 있습니다. 최근 수년 동안 국과수 부검의 공채에 응시한 의사들의 경쟁률이 그것을 잘 말해주고 있습니다."

"우리도 보았어요. 참담하더군요. 하다못해 9급 공무원 공채도 50 대 1 아니면 100 대 1인데 매번 미달 아니면 한두 명이 응시하는 수준이니……."

"사회가 그런 방향으로 가고 있지 않습니까? 평범한 노동자들도 워라밸과 저녁이 있는 삶을 추구하고 있습니다. 하물며 인재로 꼽히는 의사들이야 오죽하겠습니까?"

"그건 우리도 할 말이 없어요. 하지만 공조직이라는 게 워낙 복잡 방대해서 어느 한두 직종의 대우를 조절하기가 힘이 듭니다."

"그 문제는 저도 이해하고 있습니다. 하지만 제가 구상하는 법과학공사는 단순히 법의학 인력에 대한 대우 때문이 아닙니다. 그보다는 미래산업의 한 분야로써 주목한다고 보시면 되겠습니다."

"미래산업?"

"인간의 미래는 필연적으로 과학화로 치닫게 되어 있습니다. 그런 측면에서 본다면 다른 첨단산업에 못지않은 분야가 될 수 있죠. 법과학 안에는 유전, 화학, 디지털, 교통, 심지어는 심리학까지 포함되기 때문입니다. 지금 질러가야만 반도체처럼 세계의 표준이 될 수 있습니다."

"반도체와 비교하기에는 시기상조라는 생각이 듭니다."

"제가 모델로 삼고 있는 영국의 법과학공사를 보면 초기에는 약 500명의 인력에 불과했습니다. 하지만 그로부터 5년 후에 무려 5배 이상으로 늘어나죠. 연 매출액 역시 2천9백만 파운드에서 10년 후에는 1억 5천만 파운드로 늘어납니다."

"1억 5천만 파운드면?"

백우선이 서필호를 돌아보았다.

"약 2,270억 정도 됩니다."

"허엇, 2,200억대?"

"영국뿐 아니라 일본과 미국의 유사 기관들도 그 매출액이 천문학적으로 늘고 있습니다. 그들은 이미 법과학의 중요성을 인식하고 있었던 겁니다."

"으음……."

"그들은 비단 범죄나 사건 관련뿐만 아니라 개인에 대해서도 폭넓은 교육과 서비스를 제공하고 있습니다. 이렇게 체계적인 운영 덕분에 법정 증언 또한 체계적으로 이루어져 법의학으로 밝힌 사인이나 증거에 대해 법원이나 배심원들의 잘못된 해석을 방지하여 공정한 재판에도 기여하고 있는 중입니다."

"……."

"혹시 두 분께서는 톰 크루즈가 주연한 마이너리티 리포터를 보셨습니까?"

"아직……."

두 의원이 어깨를 으쓱해 보였다.

"영화의 내용은 미래에 범죄를 저지를 가능성이 큰 사람을 찾아내 사전에 방지한다는 건데 영국 법과학공사는 영국 경찰 당국과 손잡고 그와 같은 시스템도 개발하고 있습니다."

"오."

"국가데이터분석시스템 NDAS라는 것인데 인공지능 딥 러닝을 활용하지요. 여기 쓰이는 1,400여 지표의 출처가 어디겠습니까? 법과학공사 쪽입니다. 더 정확한 데이터와 더 방대한 데이터가 있어야 오차를 줄여주는 것인데 이 또한 법과학공사에 기대할 수 있습니다."

두 의원은 이미 과몰입이었다. 숨소리조차 내지 않았다.

"이러한 시도는 미국의 'PredPol'도 마찬가지입니다. 이 시스템은 최근의 범죄 데이터를 분석해 향후 12시간 내에 범죄 발생 가능성이 큰 지역을 선별해 내죠. 경찰은 그 지역은 집중 순찰함으로써 범죄 예방에 기여할 수 있게 됩니다."

"멋지군요. 그렇다면 단점은 없습니까? 이를테면 부작용 같은 것?"

백우선이 물었다.

"제가 분석하기로는 데이터가 균일하지 않으면 오류가 날 수 있습니다. 나아가 인간이 가지는 편견도 배제해야 할 사항이고요. 예를 들면 선입견 같은 것 말입니다."

"인권이나 윤리 문제는 어떻습니까?"

"개발 과정부터 적용해 가면 방지하거나 최소화가 가능할 것으로 봅니다. 그러자면 인공지능이 도출해 내는 결과에 대해서 여러 여과장치를 부여해야겠죠."

"미국과 영국의 진행 상황은요?"

"아직 완전한 시스템에는 이르지 못했습니다. 일부 경찰에 대해 적용하면서 보완해 나가는 상황이죠. 현재 한국 국과수 수준에 비춰보면 반드시 따라잡을 수 있는 수준입니다."

"이거 알고 보니 블루 오션이군요. 시스템만 제대로 개발해도 세계의 경찰 시스템을 선도하는 것 아닙니까?"

"맞습니다. 다른 국가에 이 시스템을 수출할 수도 있죠. 그러자면 법과학의 수준부터 끌어올려야 합니다."

"그러자면 현재의 국과수로는 어렵고요?"

"예."

짝짝!

백우선은 박수로 화답했다. 노재명 역시 뜨거운 박수로 창하의 열변에 답했다.

"우리만 들은 귀가 아깝군요. 이런 설명은 국회에서 했어야 하는데……."

"과찬이십니다."

"아니에요. 듣고 보니 우리의 미래에 반드시 필요한 사업의 하나로군요. 오늘부터 나는 이 선생님을 지지하겠습니다."

"이 사람도 그렇습니다."

"감사합니다."

두 의원의 지지에 창하가 고마움을 표했다.

"우리 서 회장님도 그 일에 마음이 가 있으신 것 같던데 같이들 의기투합해서 분위기 한 번 조성해 보기로 하지요."

백우선의 말이 마무리가 되었다.

"이제 사적인 질문 하나를 해야 할 것 같은데……."

이번에는 노재명이었다.

"말씀하시죠."

"실은 우리가 오늘 내기 골프에서 왕창 깨졌어요."

"예……."

"저쪽 당 친구들이 우리보다 수준이 낮았는데 오늘 이상하게 잘 맞더라고요. 게다가 그 친구들은 어젯밤에 후원의 밤을 개최하는 바람에 술도 많이 마셨거든요. 그래서 농담 삼아 산삼이라도 먹고 왔냐고 했더니 기겁할 대답을 해요."

"기겁이라면?"

"복어 독을 먹고 왔다지 뭡니까?"

"복어 독이라면 테트로도톡신 말입니까?"

"예, 그걸 미량 먹으면 피로 회복과 숙취 제거에 그만이라나 뭐라나……."

"테트로도톡신은 진통제 및 신경통, 편두통에도 쓰이니 그럴 수도 있지요. 하지만 복어 독을 먹는 건 위험한 일입니다."

"자기들이 잘 아는 복어집에 가면 조리사가 일부러 미량의 독을 남겨서 넣어준다더군요. 덕분에 숙취와 피로도 가시고 몸이 따뜻해져서 잘 쳤다나요."

"예……."

"아무튼 오늘 뜻 깊은 만남이었습니다."

백우선이 마무리를 선언했다.

두 의원과의 만남은 의미가 깊었다. 앞으로 펼쳐 나갈 법과학공사의 일도 그랬지만 부검 업무에도 영향을 미쳤던 것이다.

그 인연은 길관민이 이어놓았다. 다음 날 오전, 부검을 끝낸 그가 창하를 찾아온 것이다. 창하 역시 첫 부검으로 오전 일과를 끝낸 상태였다.

"일찍 끝났네?"

길관민이 자리를 잡으며 물었다. 다소 지친 표정이었다.

"사인 파악이 곤란한 부검이었습니까? 피곤해 보이는데요?"

원두커피를 내주며 창하가 물었다.

"세종시에 인접한 졸음쉼터에서 발견된 시신 두 구인데 좀 난감하네."

"왜요?"

창하가 앞 소파에 자리를 잡았다.

"외상은 없고 구토 흔적, 화장실 쓰레기통에서 이 사람들 지문이 묻은 주사기와 주사용 작은 약물 병 등이 나왔는데……."

"……?"

"분석하니까 졸피뎀과 디아제팜이 검출되더라고. 둘 다 두 시신의 토사물과 위액, 체액에서도 검출이 되었고… 약간의 알코올과 함께 말이야. 술은 어젯밤에 마신 모양이더라고."

"치사량이 아니군요?"

"그러게나 말이야. 졸피뎀이야 수면용이고 디아제팜은 항불안제인데 검출 농도로 보아 사망에 이르기에는 턱도 없거든."

"다른 성분은요?"

"이 사람들이 한방 보양환 같은 걸 먹었나 봐. 두 약물은 거기 섞어 마셨는데 한방의 원료가 한두 가지여야 말이지. 일단 두 약물이 나왔으니 이쪽에 치중하고 있는데 항불안제로 인한 호흡억제 증상이야 예상이 되는 거지만 그렇다고 30-40여 분 만에 치사가 될 수는 없잖아? 고속도로 동선을 추적해 보니 새벽에 쉼터에 도착해서 세 시간 정도 멈춰 있었고 그 후에 나와서 움직인 건 40분 정도밖에 안 되더라고. 그걸로 추론해 보면 졸피뎀은 꿀잠을 자기 위해 먹은 것 같은데 말이야……."

"그럴 수 있겠군요."

"이후 오전 7시 40분경에 둘이 차에서 내렸어. 그런 다음 화장실에 다녀온 후에 한 사람은 구조 전화까지 때렸고."

"당시 상황은요?"

"들어봤는데 숨넘어가는 소리와 함께 구해달라는 한마디뿐이었어."

"119 구급대가 가기 전에 죽었겠군요?"

"뭐 짚이는 거 없어?"

"뭐 하는 사람들이죠?"

"중국을 오가며 사업하는 사람들인 모양이야. 아침에 골프장 부킹이 되어 있었고."

"골프장 부킹?"

창하가 고개를 들었다. 백우선 의원의 말이 스쳐간 것이다.

"그럼 테트로도톡신 검사부터 추가해 보시죠."

"테트로도톡신이면 복어 독?"

"예."

"복어 독을 왜? 복어를 먹은 적도 없는데?"

"제가 골퍼들에게 들었는데 피로 회복과 숙취 제거를 위해 먹는 경우가 있다고 하더라고요. 주사기가 있었다니 그걸로 주사를 놨을지도 모르죠."

"하지만 너무 생뚱맞은 의뢰잖아? 독성화학과도 일이 많아서 난리인데……."

"연구사들 뒷말보다야 사인이 우선이잖아요."

"끙."

"사망자들, 골프 실력이 좋나요?"

"그건 아니고… 싱글 수준인데 36홀을 돌 예정이었다고 하더라고. 경찰이 같이 치기로 한 사람들을 만나봤는데 눈치로 보아하니 두 팀이 사업권을 다투면서 패자가 물러서기로 했다나?"

"그럼 가능성이 더 높아집니다. 36홀이면 하루 종일 골프를 쳐야 할 텐데 그 실력에 36홀 돌려면 바짝 긴장하고 있었을 겁니다. 체력 문제도 고민일 테고요."

"젠장, 별수 없네. 고속도로 변사체에 테트로도톡신 검사라? 이창하 검시관 조언이야 하면서 올려보는 수밖에."

길관민이 일어섰다.

백우선의 말에 영감을 얻어 조언한 창하, 덩달아 궁금해지는 부검이었다.

*   *   *

재분석이 시작되었다. 항불안제의 부작용만으로는 전격 사망에 이를 수 없기 때문이었다. 수면제도 마찬가지였다. 과다복용을 했다 해도 이렇게 단시간에 절명하지는 않는다. 더구나 검출 농도가 그렇게 높은 편이 아니었다.

혹시 몰라 가족에게 두 사람의 병력을 체크했다. 약물 알레르기 같은 건 없었다. 두 사람은 제3의 독성물질을 먹은 게 틀림없었다.

"야, 이창하."

늦은 오후, 길관민이 화색을 그리며 창하 사무실로 들어섰다.

"사인 찾았습니까?"

창하가 대뜸 물었다.

"그래. 네 말대로 테트로도톡신 나왔어."

길관민의 목소리는 화통처럼 우렁찼다. 직속 선배는 무섭다. 전공의 시절 선배였기에 단둘이 있을 때는 야, 자도 서슴지 않는 길관민이었다.

"경찰에 얘기했더니 테트로도톡신 구매 경로도 나왔고."

"빙고!"

"이 사람들이 알고 보니 유경험자들이더라고. 피로회복제로 복어 독을 쓴."

"천천히 말씀하시죠."

창하가 자리를 권했다. 아무렇게나 엉덩이를 붙인 길관민이 설명을 이어갔다.

"연길에서 1㎎ 앰플당 50만 원에 6개를 구매했대. 국내에서는 구매가 불가능하잖아?"

"그렇죠."

"그걸 한 사람은 한방 보약에 섞어 마시고 또 한 사람은 주사로 맞은 거야. 전화 신고는 한방 보약에 섞어 마신 사람이 했는데, 주사로 맞은 사람은 먼저 죽은 거지."

"성립되네요."

"큰 거래가 걸린 골프 시합이잖아? 꼭 이겨야겠는데 선수가 아닌 사람이 36홀을 도는 건 보통 일이 아니고. 골프장에 알아 보니 진짜 하루 종일 걸리는 코스라고 하더라고. 운동선수들이 약물을 쓰듯 체력 유지와 각성을 위해 복어 독을 쓴 거 같아."

"동기도 성립."

창하가 엄지를 세워 보였다.

복어 독, 테트로도톡신은 맹독이다. 흔히 아는 청산가리의 수백 배 독성에 달한다. 단 1㎎만 먹어도 성인의 목숨이 날아 간다. 휠휠.

복어 독이 무서운 건 치료 약이 없다는 데 있었다. 치료는 단지 대증요법에 한한다. 복용을 했다면 위를 세척하고 호흡 을 유지시키면서 증상을 완화시키는 게 전부다.

사망의 기전은 횡격막 마비로 인한 호흡부전이 발단이다. 짧게는 20분이면 사망하고 길게는 24시간이 걸리는 사람도 있다. 이때 24시간을 넘긴 사람은 생존 가능성이 높아진다. 24시간이면 복어 독이 몸에서 빠져나가기 때문이었다.

두 사람이 급사를 한 것은 복용량이 많았기 때문이었다. 36홀 출전을 앞두고 평소보다 많이 사용한 것이다.

복어 독에 중독되면 마비로 인해 무의식 상태처럼 보이지 만 뇌는 멀쩡하게 돌아간다. 즉 자기 앞에 벌어지는 일을 알 수가 있다. 구조 전화를 건 사람은 어쩌면, 저만치서 구조대가 오는 걸 보고 있었는지도 모른다.

　―빨리, 빨리.

　그는 소리치고 싶었겠지만 그 맹렬함 속으로 달려든 건 목숨의 붕괴였다. 무모한 선택을 한 사람들의 말로였다.
　"고맙다. 나도 이런 케이스는 처음이거든."
　길관민이 환하게 웃었다.
　"저도 물론 처음이죠."
　"그런데 이런 건 대체 어떻게 생각하는 거야? 나는 졸피뎀과 수면제 부작용 같은 거만 파고 있었는데……."
　"어떤 골퍼가 한 말이 떠올랐을 뿐입니다."
　창하는 겸허했다.
　"젠장, 나도 골프 좀 치러 다녀야겠네. 그래야 외연이 넓어지지."
　"좋은 생각이군요. 사실 선배님, 요즘 배가 좀 나오고 있거든요."
　"말 마라. 나도 슬슬 기초대사량이 줄어드나 봐. 아침에 샤워하고 거울에 비친 옆모습 보면 슬퍼진다니까. 길관민도 이제 다됐구나 하고."
　"선배님은 아직 짱짱합니다. 저도 독극물하고 씨름해야 하니까 운동이나 하세요."

창하가 길관민을 밀어냈다.

"아오, 독극물은 어려워."

길관민은 고개를 저으며 복도로 나갔다.

「독극물은 어렵다.」

길관민의 말은 결코 엄살이 아니었다. 세상에는 밝혀지지 않은 독극물이 많았다. 게다가 독약이 아닌 약물까지도 독극물로 쓸 수 있다. 예를 들면 수면제나 신경안정제 등이 그랬다. 자연계의 독은 덤이다. 이런 것들은 사망자의 생활사를 알지 못하면 증명하기 어렵다. 심지어는 알레르기까지도 보너스로 딸려 온다.

국과수의 독극물 분석 장비는 만능 도깨비 방망이가 아니었다. 피 한 방울, 위액 샘플을 넣는다고 지구상의 모든 독극물을 분석하는 게 아니다. 통상적으로 많이 쓰는 독극물 일부를 제외하면 분석부터 골머리를 앓게 되는 게 독극물이었다.

노벨상 수상자들은 다 뭐 하나?

검시관들은 때로 그런 농담을 한다. 하지만 그런 장비는 검시관들이 만들어야 했다. Needs가 발명을 낳는 것이니 우물은 목마른 자들이 파는 게 맞았다.

창하는 그런 장비 개발에도 시간을 투자하고 있었다. 현재의 분석 장비보다 루틴 옵션이 두 배, 네 배로 증가되는 것. 그렇게 되면 사인 분석의 시간을 두 배, 네 배로 당길 수 있었다.

"오늘의 마지막 부검 시신이 도착했습니다."

골몰하는 사이에 인터폰에서 원빈의 목소리가 흘러나왔다.

"안녕하세요?"

대기실에 들어서자 웬 미녀가 인사를 해왔다. 새로 승진한 마포경찰서 여청 팀장이었다.

"안녕하세요."

인사에 답하고 자리에 앉았다. 팀장은 다소 상기되어 있었다. 국과수가 처음인 것이다.

"엊그제 발령을 받았어요. 전임자에게 들은 대로 이것저것 챙겨오기는 했는데……."

팀장이 보따리를 꺼내놓았다. 굉장히 많았다. 이런 모습은 보기가 좋았다. 어떤 팀장들은 사망진단서만 달랑 들고 오는 경우도 있었다. 더하기는 어렵다. 하지만 빼기는 쉬운 데다 정성이 엿보이니 탓할 일이 아니었다.

"소사로군요?"

첫 사진을 보고 알았다. 독극물이라기에 멀쩡한 시체일 줄로 짐작하던 창하. 시커먼 시신 사진이 나오니 반응하게 되었다.

"예, 가엾게도……."

팀장 눈에 눈물이 서린다. 살인 같은 것은 처음 경험하는 경찰로 보였다.

"현장에 가보셨나요?"

"예? 예……."

"물 드세요."

목이 메어 보이니 생수를 권했다.

"고맙습니다."

그녀가 생수를 들이켰다. 당황할 만하다. 소사된 시신은 네 살 난 어린아이였다. 얼핏 보면 재 덩어리 같으니 어찌 참담하지 않을까? 경찰 역시 인간이라 강력사건을 본 경우, 트라우마에 시달려 사표를 내는 사람도 많았다.

"재혼 부부예요. 남편은 실직하고 여자 혼자 직장을 다니는데 남편이 아이가 자는 사이에 피시방에 가서 게임을 하던 중에 참변이 났어요. 아무도 없는 집에서 불이 나서 아이가……."

"……."

"그런데 이 아이가 여자가 낳은 아이라 새 남편은 계부가 되는 것이니… 주변 탐문을 해보니 남편이 평상시에 아이를 싫어해서 아이를 죽이고 불을 질렀을 거라는 소문이 무성해서요."

"혐의는 나왔나요?"

"피시방에서 게임하다가 나가는 장면이 CCTV에 나와요. 본인은 그냥 바람 쐬다 왔다고 하는데 범행할 시간으로는 충분하거든요. 하지만 완강하게 버티고 있어요."

"부부 사이는요?"

"남자가 실직한 후로는 원만하지 못했던 것 같습니다. 최근 들어 다투는 날이 많았다는 증언이 공통적입니다."

"독살 얘기는… 이것 때문이로군요?"

창하가 검시 자료를 집어 들었다. 검시 의사가 실시한 혈액 검사 내용이었다.

「청산염.」

독극물의 주인공은 흔히 들어본 청산염이었다. 혈중 농도는 높지 않았다. 청산의 치사량은 50─100㎎으로 통한다. 청산칼륨이라면 조금 더 많아서 150─300㎎ 정도다.

"저희 수사진 생각은 청산을 먹여 아이를 죽게 한 후에 그걸 감추기 위해 방화한 것으로 판단하고 있습니다."

청산염.

어린아이다. 먹으면 죽을 수밖에 없었다. 직장도 없이 게임이나 하는 남편. 아내의 잔소리가 나오지 않을 수 없다. 덕분에 육아까지 떠안았다. 남자에게 있어 아이는 귀찮은 존재가 될 수 있었다.

"집 안 사진 나온 것 좀 보여주세요."

창하가 요청하자 다른 사진들이 나왔다.

"그 사진들은 왜?"

"그냥 참고 사항입니다."

가볍게 답하지만 사진을 보는 창하 시선은 매우 신중했다.

"됐습니다. 가시죠."

바닥에 깔린 낡은 카펫을 한참 주목하던 창하가 일어섰다. 다시 부검으로 말할 시간이었다.

"……."

네 살 아이가 준비된 부검대 앞에서 광배와 시선이 마주쳤다. 그가 시선을 피한다. 어린 목숨에 불어닥친 고통과 비극. 날마다 시체 속에서 사는 어시스트들이지만 마음 편할 리 없었다.

"그냥 부검이에요."

창하가 본질을 일깨웠다. 그랬다. 그냥 부검이었다. 죽은 사람을 폄훼하는 게 아니라 직업의식에 투철하려는 것이다. 100살 먹은 노인이든 갓 태어난 신생아든, 혹은 미녀이든 그렇지 않든, 사람 생명의 가치가 같듯 부검 역시 같은 것이다.

딸깍!

원빈이 루틴을 시작했다. 어둠 속에서 한순간, 아이의 시신이 보이지 않았다. 사방이 암흑으로 변하니 검게 타버린 시신이 동화되어 버리는 것이다.

콜록콜록.

아이가 기침을 시작한다.

엄마, 엄마.

부모를 부른다.

목의 액흔은 체크가 불가능했다. 외표의 소사 때문이었다.

Y자 절개를 하고 목부터 살펴보았다. 청산을 먹여 죽인 후에 불을 질렀다면 생활반응이 나오지 않는다. 즉 기도에 검댕이 입증되지 않는 것이다. 하지만 아이의 기도에는 검댕이 가득했다. 코와 목구멍에도 있으니 화재로 인한 사망은 명백했다.

그러나 설골은 멀쩡하다. 어린아이라 성인에 비해 더욱 약한 설골. 그게 멀쩡하다는 건 목을 조른 건 아니라는 얘기였다. 나아가 두개골에도 이상은 없었다.

아직 끝은 아니었다. 청산염의 존재 증명이 남았다. 검시를 한 의사는 혈액으로 증명을 했다. 그러나 그것만으로 청산염 독살이 해결되는 것은 아니었다. 결정적인 검사가 남아 있었다.

위를 열었다. 안타깝게도 내용물이 거의 없었다. 저녁을 못 먹었다는 얘기였다. 그러고 보니 아이의 체중이 정상보다 가벼웠다. 게임 폐인이 된 아빠가 저녁을 제대로 챙기지 않았다는 뜻이었다.

겨우 샘플을 모아 독극물 분석을 보냈다.

"지급으로 부탁해 주세요."

창하가 원빈에게 요청했다. 서울 국과수에서 창하의 말은 거의 바이블이었다. 웬만한 요청은 거의 다 먹힌다. 그것은 창하가 국과수의 얼굴 노릇을 하기에 가능한 일이었다. 그렇게 생긴 공을 혼자 독차지하지 않았다. 그렇기에 직원들은 창하의 요청을 기꺼이 받아들였다.

"청산염은 이미 검출되지 않았나요?"

이미 확인된 청산염을 재확인하려는 이유가 뭘까? 팀장은 몹시 궁금한 눈치였다.

"조금만 기다려 주십시오."

창하는 즉답을 피했다. 부검의 사인 도출을 위한 합리적인 추론은 언제나 필요했다. 하지만 그 추론이 경찰 선까지 확장되면 곤란하다. 매 단계에서 소설을 써대면 부검은 판타지가 되어버릴 공산이 컸다. 돌이킬 수 없어지는 것이다.

"선생님."

얼마 후에 원빈이 돌아왔다. 고맙게도 검사 결과까지 받아왔다.

"……!"

결과지를 본 창하 시선이 굳어버렸다.

「청산염 불검출.」

그와 동시에 팀장의 핸드폰에도 신호가 들어왔다.

"여보세요."

그녀가 창가로 가며 전화를 받았다.

"예? 그래요?"

통화를 끝낸 팀장이 창하에게 다가왔다.

"본서인데요, 애 아빠의 추가 자백이 나왔다네요. 화재 시간 당시에 피시방에서 사귄 여친의 집에 있었답니다. 아내가 알면 난리가 날 것 같아서 차마 말하지 못했다고… 같이 있던 여자와 그 이웃에게도 확인이 되었다네요."

"저도 새 소식을 전해야겠네요. 이 사건은 단순 화재사입니다."

"예? 그럼 청산염은 어떻게 되는 거죠? 혈액검사에서 나왔잖아요?"

"맞습니다. 혈액검사에서 미량 검출이 되었죠."

"그럼 살인미수가 되는 것 아닌가요?"

"아빠가 먹인 게 아닙니다."

"예?"

팀장의 눈이 휘둥그레졌다. 아이의 피에서는 분명 청산염이 나왔다. 그렇다면 아이가 일부러 맹독극물을 먹었을 리도 없었다.

"청산염으로의 독살이 성립되려면 위장에서 청산염이 검출되어야만 합니다. 그런데 방금 절개한 위장 검사에서는 나오지 않았어요."

"그럼?"

"아까 보여주신 사진 있죠. 그중에서 바닥 카펫 사진을 꺼내보세요."

"이거요?"

팀장이 사진을 꺼내 들었다.

"그 카펫, 재료가 합성수지입니다. 옆쪽으로 보이는 타다 만

장난감 중에도 합성수지가 많네요. 그런 집기나 가구가 많은 집에서 불이 나면 청산 가스가 발생합니다. 아이의 혈액 중에서 나온 청산은 그 청산가스를 마신 결과물입니다."

"......!"

"아이의 주검은 안타깝지만 사인은 그렇습니다. 부검 종료합니다."

창하가 메스를 내려놓았다. 합성수지로 인한 사인은 황나래 사건 때도 참고가 되었다. 현대적인 것이 모두 좋은 건 아니다. 나무나 종이, 목화를 소재로 한 것들이 탈 때는 청산 가스가 나오지 않기 때문이다.

'이래서 이창하, 이창하 하는군.'

국과수로 오기 전에 이미 창하의 위명을 들었던 여청 팀장, 부검실을 나가는 창하에게서 눈을 떼지 못했다.

제11장
—
거꾸로 가는 시신

"우리 딸 살려내라."

"돌팔이 의사는 자폭하라."

"산 사람에게 사망진단, 의사면허는 고스톱으로 땄냐?"

성의병원 정형외과 과장실 앞은 난리 통이었다. 외상치료를 받던 여중생이 죽자 유족들이 항의 시위에 나선 것이다.

외과 과장이 설득에 나섰다.

"그 아이의 사망진단에는 문제가 없었습니다."

"닥쳐. 영안실에 들어가기 전에 내가 만져봤는데 그때도 체온이 있었어. 간호사 데려다 재보니 체온이 무려 40도였다고. 죽은 아이가 그렇게 뜨거울 수 있어?"

"……"

"이건 명백한 의료과실이야. 살아 있는 아이에게 사망진단을 내린 거라고."

"유감스럽지만 사망은 기정사실입니다. 저는 더 할 말이 없습니다."

과장은 유감을 표하지만 진단 실수 같은 건 인정하지 않았다.

"야, 이 자식아. 니가 의사야? 멀쩡한 애를 영안실에 보내놓고도 우겨? 이런 개호로자식."

흥분한 보호자가 과장 멱살을 잡았다. 전공의들이 달려들어 겨우 보호자의 멱살을 풀었다. 정형외과 과장의 사망진단. 경기도의 종합병원에서 일어난 소동이었다.

결국 창하가 차출되었다. 여중생 할머니의 유교사상 때문이었다. 부검은 원치 않았다. 그러나 병원 측 의사들은 믿을 수 없었다. 그렇기에 국과수에 전화를 걸어온 것이다.

"아오, 우리 선생님 미국 시험 때문에 바쁜데 이젠 출장 요청까지?"

원빈이 머리를 긁어댔다.

"미국 시험보다 직분이 우선이죠."

창하는 담담했다.

"소장님이 가신다는데도 안 된다고 하니 그렇죠."

원빈이 볼멘소리를 냈다. 그건 사실이었다. 유족 측에서 창하를 콕 집어대니 창하 형편을 아는 권우재가 다른 제의를 했던 것이다.

과장이거나 소장이 가면 안 되겠나?

안 된다.

유족 측은 대안 같은 건 받아들이지 않았다.

USMLE와 ECFMG 테스트가 코앞이라 출국 준비에 바쁘던 창하였다. 피경철과 권우재는 부검을 줄여주려 했지만 창하가 듣지 않았다. 그런 차에 출장 요청까지 들어오니 안타까운 마음이 든 것이다. 출장은 부검보다 더 많은 시간이 들기 때문이었다.

"선생님, 같이 가실래요?"

창하가 원빈에게 물었다.

"유족들 분위기가 심상치 않던데 당연히 그래야죠. 만약의 경우가 벌어지면 제가 몸빵이 되겠습니다."

원빈이 서둘러 채비를 갖췄다.

"그런데 그런 게 가능합니까?"

운전을 맡은 원빈이 도로 위에서 물었다.

"고열의 환자에게 사망진단을 내리는 거요? 아니면 사망한 사람이 고온이 나는 거요?"

"후자 말입니다."

"일단은 환자를 봐야 알겠죠?"

창하가 빙그레 웃었다. 시신도 보지 못했다. 그러니 뜬구름

위에서 소설을 써댈 생각은 없었다.

병원까지는 차로 1시간이 넘게 걸렸다. 출장이 어려운 건역시 시간 때문이었다. 왕복 2시간이면 간단한 부검 4건을 할수 있다. 더구나 이 건은 부검도 아니고 검안으로 그칠 가능성이 컸다. 병원에 머무르는 시간까지 합치면 적어도 한나절이다. 그렇기에 부검은 국과수로 들어오는 게 원칙이지만 사안이 특별하니 수락하게 된 것이다.

2학년이라는 여중생. 특목중에 재학 중인 재원이었다. 중학생 과학올림피아드에서 주목할 성적을 올렸고 국내 과학 대회 여러 군데서 수상한 실력파였다. 그녀의 장래희망은 노벨상 수상. 그런 마당에 숨을 거뒀으니 유족들의 상실감이 더클 일이었다.

"저기네요."

내비게이션의 종료 안내를 듣는 순간 병원이 눈에 들어왔다. 12층짜리 병원이었다. 외양은 차분하지만 분위기는 결코평화롭지 않았다. 유족들이 군데군데 걸어둔 핏빛 현수막부터 그랬다.

"우 선생님… 혹시 말이죠, 주변 병원들 체크하셔서……."

차에서 내리기 전, 창하가 원빈에게 특명 하나를 안겨주었다.

"이창하 선생님?"

주차장에 도착하자 정형외과 전공의가 마중을 나왔다. 순간, 유족 두 명이 그의 목덜미를 잡아채는 게 보였다.

"야, 이 자식아? 무슨 수작을 꾸미려고 선생님을 몰래 만나? 뭐든지 우리가 있는 곳에서 하기로 했잖아?"

"그게… 수작이 아니고 안내를 하려고……."

"안내 좋아하네? 우리 몰래 청탁하려는 거잖아?"

"저기요."

차에서 내린 창하가 보호자들을 바라보았다.

"예?"

"저는 청탁 같은 거 받지 않습니다. 그러니 그분은 놓아주시죠."

"예?"

"대신 보호자분들 얘기부터 듣겠습니다. 그럼 될까요?"

"되, 되죠."

보호자가 전공의를 팽개쳤다.

"괜찮으세요?"

창하가 전공의를 챙겼다. 이리 치이고 저리 치이는 게 전공의들이다. 그들이 무슨 죄가 있단 말인가?

"예……."

"가셔서 기다리세요. 이분들 얘기 듣고 과장님 뵈러 갈게요."

창하가 전공의들의 등을 밀었다. 그사이에 유족들이 우르르 몰려나왔다.

"자, 이제 한 분이 대표로 말씀해 보세요."

등나무 그늘 아래의 의자에서 유족들에게 말했다. 여중생의 아버지가 대표로 나섰다.

"이건 의사의 명백한 과실입니다. 살아 있는 아이에게 사망진단을 내린 게 틀림없어요."

입에 거품을 물고 나온 아버지는 쉴 사이도 없이 사망 경위를 풀어놓았다. 그의 노모는 아유, 아유 하며 실신 직전까지 치달았다.

여중생의 사고는 우연이었다. 방학 때 집으로 와 지하실에서 곰팡이 관련 실험을 하던 중이었다. 낮은 계단에 머리를 찧었다. 그 충격에 놀라 계단에서 굴렀다. 머리가 약간 찢기고 손과 무릎이 까졌다. 문제는 머리와 무릎이었다. 머리는 상징성 때문이었고 무릎은 녹슨 못에 찔려 버린 것.

병원에 내원해 치료를 받았다. 상처 자체는 그리 심각하지 않으니 치료가 되었다. 하지만 비극의 씨앗이 싹텄다. 처음에는 증세가 미미해 의료진이 간과해 버린 파상풍. 급격하게 발현이 되면서 치료에 실패하고 사망에까지 이른 것이다.

"다 조작입니다. 원인도 모른 채 치료하다가 호흡이 잠시 멈춘 사이에 사망진단 내리고 끝내 버린 거예요. 그렇지 않고서야 죽었다는 아이가 왜 체온이 오릅니까? 파상풍도 처음에는 문제없다고 했어요."

아버지의 오열은 잠시도 멈추지 않았다.

"선생님만 믿습니다. 우리 아이, 피지도 못하고 죽었어요. 이 입상 메달과 상장을 보십시오. 미래의 동량이라고 칭찬이 자자했는데 이게 말이 됩니까? 이렇게 억울한데도 병원 의사 놈들은 사과 한 번 안 하고 있습니다."

"그래도 부검은 원치 않으신다고요?"

"부검은 안 됩니다. 그러니 검안으로……."

"일단 의료진도 만나보겠습니다. 그런 다음에 같이 보시죠."

창하가 일어섰다.

의료진의 입장은 보호자들에게 들은 대로였다. 파상풍의 시기를 놓친 건 인정했다. 초기 증세가 너무 미미하고 상처 회복이 빨라 생각지 않았다고 했다. 하지만 진료 과정의 조작이나 의료과실은 일체 없다는 입장이었다. 그들이 내놓은 의료 기록 역시 조작의 흔적은 없었다.

"초기에 마비나 근육 이상도 없었고요 열과 오한도 없었죠. 상처 부위에서 실시한 파상풍균 배양도 음성으로 나왔어요. 우리로서는 어쩔 수가 없었습니다."

"사망진단 후에 시신을 확인한 적은 있습니까?"

"없습니다. 사망진단을 내린 후에 누가 재확인을 합니까? 그런 상황이라면 사망진단을 내리지 말아야죠. 환자의 호흡과 바이털사인은 완전하게 멈춘 상태였다고요."

"알겠습니다."

"환장하겠네. 저도 의사 생활 15년 만에 처음 겪는 일입니다."

과장은 난색을 표했다.

양측의 입장을 들은 후에 함께 모였다. 창하와 보호자 둘, 그리고 과장과 전공의 한 사람과 간호사였다. 창하 앞에는 영안실에서 꺼내온 여중생의 시신이 놓여 있었다. 머리가 컴퓨터처럼 돌아가던 학생의 삶이 멈췄다. 보호자들은 이내 통곡으로 무너졌다.

파상풍 시신의 검안.

달리 할 게 없었다. 머리와 무릎의 상처를 살핀다. 이미 치료가 된 작은 흉터가 보일 뿐이었다.

"사망 후 체온은 그쪽 분이 재셨나요?"

창하가 간호사에게 물었다.

"예."

"몇 도였죠?"

"40도 3부……."

"틀림없었나요?"

"네. 여기 곽 선생님도 확인하셨는걸요."

간호사가 전공의를 끌어들였다.

"시신이 조금 뜨거워진 건 맞습니다. 하지만 생명 반응은 없었습니다."

전공의가 부연 설명을 했다.

"그게 무슨 헛소리야? 사람이 죽으면 당연히 체온이 떨어져야지 왜 올라갑니까? 이건 명백한 의료과실에 살인이라고요."

보호자가 목소리를 높였다.

사망하면 체온이 내려간다.

보호자의 말은 진리였다. 인간의 몸은 열의 생산과 배출로 항상성을 유지한다. 하지만 심장이 멈춘 후에는 그렇지 않다. 그렇기 때문에 사망하면 주변 온도와 비슷하게 변한다. 노인이나 어린이에 가까울수록 그 변화가 심하다.

주변 온도를 15도로 기준을 삼고 사망 10시간이 경과한 후라면 1시간 단위로 0.7에서 1도씩 떨어진다. 이 기준을 가지고 직장 체온을 측정해 사망 시간을 예측하는 것이다.

이 여중생의 경우는 거꾸로였다. 사망 4시간 후까지 체온이 40도에 육박하고 있었다. 유족들이 흥분하는 이유였다.

그러나 체온은 많은 변수를 고려해야 한다. 당장은 체중도 영향을 미치고 온도, 옷, 공기 등의 다양한 요소가 영향을 미친다. 그렇다고 해도 사망자의 체온은 역시 떨어지는 게 정설이었다.

의료기록에는 큰 문제가 없었다. 의사들의 처방도 파상풍 치료에 준했다. 그렇다면 어디서 문제가 된 것인가? 유족들의 말처럼 의사들의 진단 실수일까? 진단을 잘못해 헛발질을 하다 호흡이 정지되니 당황해 사망 선언을 해버린 것일까?

"이건 명백한 살인 행위입니다. 다 처넣어야 한다고요."

보호자들은 울분에 떨었다.

"유감스럽지만 소송으로 가도 어쩔 수 없습니다."

의료진 역시 유감은 표하되 책임은 인정하지 않았다.

팽팽한 두 진영의 주장. 그럼에도 창하는 이렇다 할 결론을 내놓지 않았다.

"어떻습니까?"

보호자가 물었다.

"잠깐만요."

창하가 잠시 복도로 나왔다.

"알아보셨어요?"

원빈에게 물었다.

"대전 쪽에 그런 케이스가 있기는 있다고 합니다."

핸드폰 통화를 하던 원빈이 답했다.

"사망 시각은요?"

"1시간쯤 지났답니다."

"지정의가 어느 의대 출신이시죠?"

"U대라고 합니다."

"알겠습니다."

의사 신원을 파악한 창하가 권우재에게 전화를 걸었다. 나름 마당발인 그의 인맥을 활용하는 것이다. 권우재는 곧 바로 U대 인맥을 파악했고, 창하에게 회신을 해왔다.

―양해가 되었네.

"고맙습니다."

통화를 끝낸 창하가 다시 병실로 들어섰다.

"결론을 내드리겠습니다."

창하가 말하자 의사들과 보호자가 귀를 쫑긋 세웠다.

"그 전에 저와 잠깐 다른 병원에 좀 가주셔야겠습니다."

"다른 병원에는 왜요?"

보호자가 각을 세우고 나왔다.

"의학적 증명이 거기서 가능하거든요."

"그럼 우리 아이 사인은요?"

"그것도 거기서 말씀드리겠습니다."

"여기서는 안 되는 겁니까?"

"직접 보셔야 할 게 있어서 그렇습니다."

창하가 답했다. 표정이 워낙 겸허하니 보호자들도 군소리를 달지 않았다. 보호자들이 동의하자 의료진들도 창하를 따라나섰다.

출장을 나온 부검에서 또다시 다른 병원으로의 이동. 흔치 않은 경우였으니 원빈도 궁금하지 않을 수 없었다.

"선생님."

"가보면 압니다."

창하는 그저 냉철할 뿐이었다.

대전의 병원에서 U대 출신 의사를 만났다. 그에게 양해를 구하고 병실로 향했다.

"여깁니다. 시간은 10분 정도밖에 드릴 수 없습니다."

병실 앞에서 U대 의사가 말했다.

"그 정도면 충분합니다."

창하가 답했다.

간호사를 따라 안으로 들어섰다. 창가의 커튼이 걷히자 창
하와 함께 온 보호자와 의료진이 경악을 했다.

"……!"

창가에 단정히 누운 사람, 2시간여 전에 숨을 거둔 환자였
다. 영안실로 옮기기 직전의 환자를 만나게 된 것이다.

의학적 증명을 한다더니 죽은 사람은 왜 찾아온 걸까?

제12장

—

원한은 잔혹 살인의 씨앗

"이 선생님."

보호자들이 창하를 돌아보았다.

"……?"

의료진도 그랬다. 창하가 바로 설명에 들어갔다.

"이분… 박승아 학생처럼 안타깝게 운명한 여대생입니다. 병명은 환자 표식을 보시면 아시겠지만 파상풍입니다."

창하가 환자 카드를 가리켰다.

"이걸 보려고 여기까지 데려왔단 말입니까?"

보호자의 목소리가 까칠해지기 시작했다.

"간단하게 설명 드리겠습니다. 주지하시다시피 사람이 죽으면 체온이 떨어집니다. 현재 병실 온도가 22도니 이대로 두면 22도까지 떨어지겠죠. 하지만 사람이 죽었을 때 체온이 올라가는 질병도 있습니다."

"아니, 지금 무슨 말을 하시려고?"

"믿기 힘드시겠지만 사실입니다. 머리의 외상이나 패혈증, 열 질환 등으로 죽은 경우에 예외적으로 체온이 올라갑니다. 파상풍 역시 그중의 하나고요."

"이 선생님."

"이 환자 역시 파상풍으로 사망을 했습니다. 보호자분들께서 부검을 원치 않으시니 어떻게 증명을 해드려야 이해가 될까 고민하다가 같은 케이스를 찾아보게 되었습니다."

"……?"

"이분은 분명 사망한 고인입니다. 보시면 아시겠죠?"

"……?"

"사망한 지 2시간 하고 50분쯤 되었답니다. 직접 한번 체온을 재보시겠습니까?"

창하가 체온계를 내밀었다. 보호자는 허 하고 한숨만 쉴 뿐 체온계를 받지 않았다.

"재보시죠."

한 번 더 권하자 어머니가 받아 들었다. 고인의 체온을 측정하더니 창백한 얼굴로 남편을 돌아본다.

"……?"

남편이 보니 체온이 무려 39도 2부였다.

"이거?"

부부가 몸서리치는 사이로 창하의 설명이 이어졌다.

"이 열은 사후 작용으로 인한 일시적인 현상입니다. 대개는 6시간, 7시간 이어지기도 하고 심하면 40도를 넘어가기도 합니다. 기전은 아까 말씀드린 질환들의 경우에 예외적으로 높아집니다."

"아."

여중생의 어머니가 고개를 떨구었다.

"따님을 잃은 것은 마음 아픈 일입니다만 사인에 대한 것은 이렇게 이해가 되었으면 합니다. 제 검안은 이것으로 마치겠습니다."

창하가 종료를 선언했다. 여대생 사망자도 보호자가 있으니 오래 머물 형편도 아니었다.

"고맙습니다."

복도로 나온 창하, U대 출신 의사를 찾아가 협조에 고마움을 표했다.

"아닙니다. 저도 한때 부검의 지원할까 생각했었거든요. 도움이 되었다니 다행입니다."

의사가 답했다.

"그럼 선생님은 미리 알고 계셨군요?"

국과수로 달리는 차량 안에서 원빈이 경기를 했다.

"사망 선고가 그냥 나는 게 아니잖아요? 두 번 세 번 확인을 거치는데 조선 시대도 아니고 산 사람을 죽었다고 할 수는 없어요. 그렇다면 사후의 체온상승이 문제인데 첨예하게 각을 세운 유족들이 말로 설명한다고 '네' 하고 받아들이겠어요?"

"선생님의 신뢰도라면 그럴 수도 있지 않을까요?"

"아뇨. 유족들이 저를 지명한 건 저만은 자기들 편이 될 줄 알고 그러셨을 거예요. 그러니 더욱 피부에 와닿는 증명이 필요했어요. 증명에는 체험만 한 게 없고요."

"어우, 저 같으면 그냥 이론으로 부라부라 설명하고 말았을 텐데……."

"그래도 우 선생님이 잘 수배를 해줘서 쉽게 끝났네요. 이런 케이스가 없었다면 저도 그냥 설명만 해야 했을 테고, 그럼 유족들이 수긍하지 못했을 수도 있어요."

"영광입니다. 제가 도움이 되었다니……."

"아셨으면 저기 커피점 앞에 세우세요. 시원한 아이스커피 한잔 쏘겠습니다."

"옛썰!"

원빈은 시원하게 명을 받았다.

"당분간은 골 때리게 큰 부검은 없겠죠?"

커피를 받아 든 원빈이 웃었다.

"부검에 크고 작은 게 어디 있겠습니까? 게다가 큰 사건이라면 아예 해결하고 가는 게 낫죠."

"그동안 고생하셨잖아요? 시험 잘 보셔야 하니 이제부터는 소소한 부검만 들어올 겁니다."

원빈의 기원은 그러나, 오래가지 못했다. 창하의 휴식 시효는 고작 몇 시간이 끝이었다.

가는 날이 장날이다.

오후에 걸려온 전화도 현장 요청이었다. 이번에는 채린이었다. 거절할 창하도 아니지만 거절할 수도 없는 사람이었다. 다시 원빈과 함께 현장으로 나갔다.

수원의 대학병원에 다니는 외과의사의 집이었다. 담장 너머로 바다가 보이는 화성의 한 자락. 전국 최고의 수사 경찰서답게 현장은 철통처럼 보존되고 있었다.

"선생님."

관할 경찰서 형사과장과 대화하던 채린이 창하를 보게 되었다.

"현장은 어디죠?"

창하가 물었다.

"2층 거실요."

대답하는 채린의 표정이 무거웠다. 그녀를 따라 2층으로 올라섰다. 경찰 과학수사 팀은 마당부터 1층, 2층을 낱낱이 훑고 있었다.

"……!"

현장을 본 창하의 표정이 굳었다. 참혹한 시신 때문이었다. 피살자는 이 집의 안주인이었다. 그녀의 시신은 차라리 깨져 있다고 표현하는 게 맞을 정도로 훼손돼 있었다. 무수한 폭행을 당한 것이다. 킹사이즈의 침대가 흰색에서 붉은색으로 변할 정도로 혈흔이 홍건했다. 그 뒤쪽의 벽 역시 혈흔으로 아롱져 있었다. 방 안은 막말로 개판 오 분 전이지만 외부 침입의 흔적은 엿보이지 않았다.

창하가 시신에게 다가섰다.

'윽!'

창하가 몸서리를 쳤다. 대충 세어본 가격의 횟수만 20회 이상이었다. 게다가 주먹이 아니라 도구였다. 그나마 칼처럼 날카로운 것은 아닌 것 같았다.

"팀장님."

창하가 채린을 돌아보았다. 언제 왔는지 그녀 곁에 배 경위가 보였다. 상황 설명은 배 경위가 맡았다.

"용의자는 남편입니다. 최근 사이가 좋지 않았는데 어제 늦은 밤에 사건이 일어났습니다. 범행을 저지르고 한잠 잔 후에 깨어난 것 같은데 그 자신은 범인이 아니고 아내의 침실에서 무슨 소리가 나서 올라갔다가 뭔가에 얻어맞고 정신을 잃었다고 주장하고 있습니다."

"아내의 침실이라는 건?"

"최근 들어 부부 사이가 극도로 나빠져 각방을 쓰고 있었

다고 하더군요. 어제도 다투는 소리가 났다는 이웃의 증언이
있습니다."

"남편은 1층, 아내는 2층요?"

"그렇습니다."

"남편은 경찰서에 있나요?"

"아뇨. 손과 전면에 피가 홍건한데 어지럼을 호소하고 있어
병원에 보내놨습니다."

"자기가 한 소행이 아니다?"

"보시다시피 외부 침입의 흔적은 없습니다. 수납장과 서랍
등이 마구 헤쳐졌긴 합니다만 도난품은 없다고 하더군요. 족
적도 남편의 슬리퍼 자국뿐입니다. 아마도 두 사람의 실랑이
중에 일어난 일이거나 아니면 외부인의 소행으로 돌리려고 일
부러 그런 것으로 판단하고 있습니다만."

"시신은 손상이 굉장한데… 이건 아무래도 증오가 실린 타
격입니다."

"침대 쪽에 이런 게 떨어져 있었습니다."

배 경위가 보여준 건 골동품급 외과 기구였다.

"이것?"

창하 고개가 갸웃 돌아갔다. 의대 재학 때 자료 사진으로
본 기억은 있지만 현대의 병원에서는 쓰지 않는 도구였다.

"찾아보니 담배 관장기더군요. 항문에 튜브를 꽂아 담배 연
기를 환자의 항문에 불어 넣는 데 사용된 거랍니다. 외과의사

가 골동 의료 용기 수집가라 지하실에 여러 가지 기구가 있었습니다."

관장기는 피투성이였다. 좋은 증거물이 될 수 있는 기구였다.

"남편의 현장 사진도 있습니까?"

"우리가 왔을 때 거의 넋을 놓고 있더군요. 되는 대로 몇 장 찍어두었습니다."

배 경위가 아이패드에서 사진을 열어 보였다. 의사의 전면은 피투성이였다. 그러나 다쳐서 흘린 혈흔은 아니었다. 그렇다고 아내를 공격하면서 튄 혈흔으로도 보이지 않았다.

'난해하군.'

"······!"

창하의 시선이 바닥으로 향했다. 홍건하게 쏟아놓은 희생자의 혈흔이 보인다. 혈흔이 바다를 이루고 있으니 그 위에 쓰러진 모양이었다.

"남편은 오른손잡이입니까?"

창하가 물었다. 시계 때문이었다. 그의 시계는 왼쪽 손목 위에 있었다.

"그렇다고 합니다."

배 경위의 말을 들은 창하가 벽에 튄 혈흔을 바라보았다. 그런 다음 남편의 사진 대조에 들어갔다.

"선생님."

"잠깐만요."

창하가 시신을 향해 걷는다. 무수한 손상을 하나하나 확인한다. 그런 다음 한 번 더 벽의 혈흔을 바라보는 창하.

"감이 좀 잡히시나요?"

이번에는 채린이 물었다.

"한 가지는요."

"그게 뭐죠?"

"남편은 범인이 아닙니다."

"예?"

창하 말에 모든 과학수사 요원들의 시선이 쏠려왔다. 외부 침입은 없는 것으로 보이는 현장. 아내와 사이가 좋지 않은 남편이다. 범행 장소는 집 안이고 범행에 쓴 도구는 의사의 골동품 외과 기구로 나와 있는데 남편은 범인이 아니라니.

"선생님."

그러나 채린은 냉철했다. 그녀가 왜 창하를 불렀을까? 우선은 범행을 부인하는 남편의 범행 수법을 알아내기 위함이었다. 하지만 한편으로는 다른 사람에 의한 범죄의 가능성도 열어놓고 있었다. 경찰이 확신하던 사람이 범인이 아닌 경우는 한두 번이 아니기 때문이었다.

"우선 범인은 왼손잡이인데 남편은 오른손잡이입니다. 여기 시신의 상처를 보면 알겠지만 오른편에 난 손상들이 왼편의 손상들보다 횟수도 많고 상처도 깊습니다. 그건 곧 범인이 피

살자의 오른편을 많이 공격했다는 것이니 왼손잡이입니다. 그
렇기에 손상도 조금 더 깊게 난 것입니다."

"……."

"나아가 벽에 튄 혈흔 말입니다. 마치 전위예술이라도 한
듯 낭자하지만 여기 이 부분만은 혈흔이 약합니다. 그건 곧
범인이 이 벽 앞에서 피살자를 공격했다는 뜻입니다. 그렇기
에 범인의 몸에 혈흔이 튀면서 벽 쪽의 혈흔은 약해진 것이
죠."

"그건 흉기의 각도 때문에도 가능한 것 아닌가요?"

채린의 이의 제기가 나왔다.

"가능하죠. 그러나 남편의 사진 상에 묻은 혈흔은 비산 혈
흔이 아니라 핏물 위에 넘어진 혈흔으로 보입니다. 남편이 범
인이라면 피를 완전히 뒤집어써야 성립이 됩니다."

"……?"

"그럼 족적은요? 남편의 슬리퍼 자국뿐인데……."

"다시 살펴보세요. 침입자가 남편 것을 신고 올라왔을 수도
있지 않나요?"

"……!"

"마지막으로 그 도구……."

창하의 시선이 배 경위가 들고 있는 관장기로 향했다.

"정밀검사를 해봐야 알겠지만 범행 도구가 아니라 페이크
로 보입니다."

"페이크라고요?"

이번에는 배 경위의 얼굴이 창백하게 변했다.

"손상의 흔적은 그 도구와 비슷하지만 손상 강도가 다른 것 같습니다. 정밀 분석을 해봐야겠지만 수사진의 시선을 흐리기 위해 피 위에 던져놓았을 가능성이 큽니다."

"하지만 남편과 아내의 피 외에는……."

"아직 조사가 끝난 건 아니지 않나요?"

창하가 바닥을 바라보았다. 흥건하게 고였다가 말라가기 시작하는 출혈의 혈흔. 저 안에 제3자의 혈흔이 한두 방울 숨어 있을 수도 있었다.

"시신은 국과수로 보내주시고 처음부터 다시 시작해 보시기 바랍니다. 남편이 범인이 아니라 외부의 침입자가 있다는 가정으로 말입니다."

창하가 상황을 매조지 해버렸다.

"선생님."

채린이 정원으로 따라 나왔다.

"역시네요. 미국 법의관 준비하신다기에 망설였는데 처음부터 모시길 잘한 것 같습니다."

"내일의 법의관보다 오늘 사인 분석이 먼저죠. 팀장님도 설마 남편을 범인으로 생각한 건 아니죠?"

"반반이었어요."

"다행이군요."

"그렇다면 범인은 누구일까요? 최근 3일 동안 이 집을 찾아 온 사람은 저 건너편 주택의 주부밖에 없어요. 그것도 어제 오후였고요."

"CCTV에 찍혔나요?"

"아쉽게도 CCTV는 이 집 대문 사정을 확인할 수 없습니다. 주변 사람들에게 들은 정보예요."

"그럼 사람들이 안 볼 때 누군가가 들어갈 수도 있잖습니 까?"

"가능성은 열어두고 있습니다."

"아무튼 수고하시고요, 시신 운구 부탁합니다."

"걱정 마세요. 선생님보다 먼저 도착시켜 놓을 테니까요."

채린의 대답은 시원했다.

게다가 정확하기까지 했다. 국과수에 도착하기도 전에 광배 의 전화가 들어왔다.

―의사 부인 부검 건, 준비 완료 되었습니다. 바로 부검실로 오시면 됩니다.

부검복을 집어 든 창하가 부검실을 향해 걸었다. 범인과의 두뇌 싸움에 올인 할 시간이었다.

*   *   *

"손상 1, 지름 2㎝. 손상 부위 얼굴."

찰칵!

"손상 2, 지름 2.3㎝. 손상 부위 이마."

찰칵!

"손상 3, 지름 3.1㎝. 손상 부위 목."

"손상 4, 지름 2.1㎝. 손상 부위 두개골."

창하가 짚어가면 카메라가 따라왔다. 손상은 많고 무차별이었다. 안와 주변부터 머리까지 성한 곳이 없는 것이다.

"손상 4, 지름 1.8㎝. 손상 부위 우측 입술… 잠깐만요."

상처 부위를 짚어가던 창하가 카메라를 세웠다.

"면봉 좀요."

"여기 있습니다."

창하가 말하자 원빈이 샘플 채집용 면봉을 건네주었다. 라텍스 장갑 낀 손으로 뺨을 누르고 입술을 올렸다. 아주 작은 뭔가가 묻어 나왔다.

"뭐죠?"

"글쎄요."

창하가 현미경으로 옮겨갔다. 재물대에 물리니 확대가 되었다. 작은 플라스틱 조각 같았다. 그러나 너무 작아 어떤 물체에서 나온 건지 구분할 수 없었다. 어쩌면 다투는 과정에 주변에서 비산된 잡티가 튄 것일 수도 있었다.

'조금 크면 좋았을 텐데……'

아쉬운 마음에 입술을 다시 체크했다. 입안에는 핏물이 가득했다. 그 피떡을 걷어낼 때였다. 피떡과 달리 고체가 걸렸다.

'응?'

창하가 빠르게 반응했다. 핀셋으로 골라내고 보니 치아의 일부였다. 전등을 비춰보니 위쪽 송곳니가 깨져 있다. 송곳니 주변을 뒤졌다. 혀 밑에서 작은 덩어리 하나가 나왔다. 배양접시 위에 올려놓고 보니 살덩이였다. 크기는 1㎝ 정도로 작았다.

'그렇다면?'

창하의 촉이 벼락처럼 일어섰다.

부러진 송곳니에 작은 살점이 나왔다. 입안을 살펴보니 시신의 입에서 탈락된 피부가 아니었다. 살덩어리는 시신의 것이 아닌 것이다.

'죽은 여자가 누군가를 물었다.'

두 개의 증거물 덕분에 선명한 그림이 그려졌다.

"차 팀장에게 연락해서 의사 남편 몸에 물린 자국하고 살점 떨어져 나간 게 있나 확인해 달라고 하세요."

원빈에게 지시하고 부검을 계속했다.

손상의 70%는 얼굴과 머리, 목 등에 집중되어 있었다. 나머지는 어깨와 가슴 부위. 허리나 다리를 친 건 고작 3회에 불과했다.

"초보 같은데요?"

창하를 돕던 광배가 묵직한 울림을 냈다. 오랜 어시스트의 품격이었다.

참혹한 시신을 보면 사람들은 이런 생각을 하기 쉽다. 잔혹한 킬러나 전문가의 소행이라고. 그러나 그들은 이런 수고를 하지 않는다. 단 한 방, 혹은 두세 방이면 족하는 것이다.

필요 이상으로 잔혹한 타격은 반대로 생각할 필요가 있다. 범인이 초보인 경우거나 강자를 대할 때다. 사람을 죽여보지 않았다. 그래서 그 자신도 두렵다. 상대를 미친 듯이 때리거나 찔러댄다. 상대가 쓰러지고 나서야 겨우 정신이 든다.

또 다른 경우는 바로 적개심이다. 초보가 아니더라도 적개심에 불타는 상태라면 상태를 무참히 처리한다. 이런 경우를 합쳐보면 범인은 초보거나 원한이 사무친 사람일 가능성이 높았다.

여기에 또 한 가지가 겹친다. 바로 정신질환이다. 정신이 나간 사람 또한 참혹한 살육을 벌일 수 있었다.

복부를 절개했다. 겉과 달리 내장은 큰 손상이 없었다. 배를 발로 차거나 흉기로 가격한 것도 아니었다. 흉기는 오로지 상체에 집중되었다.

지잉!

머리가 열렸다.

"……."

창하 미간이 과격하게 구겨졌다. 복부와 달리 머리에는 출혈이 뚜렷했다. 사인은 두개골 골절로 인한 경막하출혈로 보였다.

두개골은 다양한 이유로 골절될 수 있다. 선상골절부터 다발성골절까지 가능하다. 일단 충격을 받으면 충격 부위는 안쪽으로 휘고 주변은 밖으로 휜다. 충격의 힘이 두개골이 가진 탄력의 한계를 넘으면 골절된다.

두개저부 골절은 충격을 받은 방향 쪽으로 발생한다. 옆을 맞으면 좌우로, 앞뒤의 충격이면 전후의 골절선이 생긴다.

함몰골절은 망치나 돌처럼 느린 물체에 의한 타격으로 생기는데, 보통은 두개골이 충돌 에너지를 흡수하며 버텨낸다. 그러나 한계점을 지나면 두개강 쪽으로 밀려 들어간다. 방망이나 망치 등의 손상에서 볼 수 있다. 경막이 함께 손상될 확률이 높아 다른 골절에 비해 사망 확률도 높아진다.

"선생님."

창하가 식은땀을 흘리자 광배가 걱정스러운 눈빛을 보였다.

"저 괜찮습니다."

사망의 직접 원인을 확인한 창하, 확대경으로 손상 부위들을 체크하기 시작했다.

"조금 쉬었다 하시면……."

"그러고 싶은데 시신이 급하다네요."

창하는 한눈팔지 않았다.

"여기 사진 좀 찍어주세요."

머리 손상 부위들을 가리켰다. 그 사진을 화면에 띄웠다. 가끔은 다른 매개체를 통해 확인하는 것도 도움이 된다. 각도를 바꾸는 것도 마찬가지였다. 화면에 나온 머리 손상 부위를 축소하고 확대했다.

'각도 있고 면도 있는 것……'

하나하나 짚어가다 마지막 사진에서 멈췄다. 이 손상은 초승달을 아래로 눕혀놓은 듯한 그림이었다.

"장도리나 차돌 같은 건 아닌 거 같은데 뭘까요?"

창하가 화면을 가리켰다. 어시스트들이 다가왔다. 이럴 때는 머리를 맞대는 게 최고였다.

"글쎄요. 외과의사에다 골동품 외과 기구가 많았다면서요?"

"그러고 보니 그것도 필요하겠네요."

창하가 핸드폰을 집었다.

"팀장님."

채린에게 전화를 걸었다.

―남편 교혼에 대한 확인은 지시를 해두었는데요?

"아, 예… 그것 말고 다른 부탁이 있어서요."

―말씀하세요.

"그 외과의사가 수집한 골동품 외과 기구들 사진도 좀 부탁합니다."

―그거라면 당장 보내 드릴게요. 진전이 좀 있나요?

"아마 있을 것 같습니다. 그러니 그 의사 너무 압박하지 말고 계세요."

―역시 제3의 범인이라는 쪽이시군요?

"조금만 기다려 주십시오."

창하가 전화를 끊었다. 사진은 바로 들어왔다. 그 역시 화면에 띄워놓았다. 드물게는 중세 시대의 외과수술 기구도 있었다. 사인 분석에는 큰 도움이 되지 않았다.

"이 정도 손상을 남기려면 원래 흉기의 면적은 세 배 정도 크다고 봐야 할 겁니다. 칼은 아니고 망치도 아니고……."

창하가 날숨을 쉬었다.

"범행 시간은 밤이잖아요. 그럼 혹시 주방 기구 아닐까요?"

원빈의 의견이었다.

"주방 기구 뭐?"

광배가 묻는다.

"절구 공이나 프라이팬 손잡이 같은 거?"

"요즘 누가 절구를 쓰나? 게다가 프라이팬 손잡이면 팬이 망가졌다는 건데 의사처럼 상류층 사람들이 그런 거 쓰겠어?"

"그래도 깜깜한 상태에서 벌어진 일이라니… 만약 좀도둑이 들어갔다면 얼떨결에 집어서 휘둘렀을 수도 있잖아요?"

"그게 성립하려면 죽은 여자를 주방에서 만났어야지."

"그럼 전화기 아닐까요? 요즘 앤티크한 것들은 수화기가 묵직한 것도 많습니다."

"잠깐만요."

그건 가능성이 있었다. 재빨리 현장 사진을 넘겨보는 창하. 하지만 사건현장 침실에는 일반 전화기가 없었다.

"그럼 꽃병… 그것도 아니면 고데기 같은 거?"

원빈의 분투가 눈물겹다.

"그만해라. 선생님 더 헷갈리시겠다."

광배가 슬쩍 제동을 걸었다.

"아, 그럼 손전등은 어때요? 캠핑카 마니아인 내 친구 놈이 가지고 있는 걸 보니까 그것도 흉기가 되겠던데… 게다가 요즘 여자들도 호신용 손전등을 쓰기도 하고……."

"어이, 우 선생."

광배 목소리에 힘이 들어갈 때였다. 창하가 원빈에게 고개를 돌렸다.

"죄송합니다."

원빈이 고개를 숙였다. 자신을 질책하려는 줄 알았던 모양이었다.

"그게 아니고요. 호신용 손전등 말입니다. 그거 그림 좀 볼 수 있을까요?"

"선생님……."

"가능성 있습니다. 어두운 밤이었잖아요? 누군가 침실에 들어갔다면 손전등이 필요했을 겁니다."

"잠깐만요."

원빈이 자판을 두드려 댔다. 그러자 화면에 호신용 손전등들이 올라왔다. 매끈한 것부터 오돌토돌한 돌기가 있는 것까지 여러 아이템이 보였다.

"이거하고 이거 좀 구해 오세요."

그림을 보던 창하가 화면을 짚었다.

손전등이 도착하자 표면 확인부터 했다. 시신의 입속에서 나온 조각과 대조하는 것이다. 똑같지는 않지만 같은 조각으로 보였다. 감이 좋았다.

바로 확인 실험에 나섰다. 전등은 세 개였는데 그중 하나의 공격 흔적이 시신의 것과 유사했다. 내친 김에 BPA, 즉 혈흔 형태 분석에 들어갔다. 현장에 남은 혈흔들은 비산 혈흔이 많았다. 그중에서도 흉기에 묻었다가 뿌려지는 휘두름이탈혈흔이었다. 손전등을 휘둘러 피를 뿌렸다. 실험에는 왼손잡이 직원을 동원했다. 혈흔이 유사하게 나왔다.

"가서 유 선생 좀 모셔오세요."

창하가 원빈을 돌아보았다.

"수아 누나는 왜요?"

"왼손잡이잖아요? 참고로 하려고요."

창하의 청이니 수아도 잠시 시간을 내었다. 그녀의 손이 허공을 갈랐다.

"……!"

비산 혈흔을 본 창하와 원빈, 광배가 동시에 입을 벌렸다. 현장 혈흔에서 보이던 정지이탈혼에 유사한 패턴이 나온 것이다. 이 혈흔은 가격한 흉기에 피해자의 혈흔이 묻은 상태에서 또다시 가격할 때 흉기에 묻은 피가 밖으로 튀어 나가는 현상이다. 결론적으로 여자인 수아의 것이 남자 직원보다 더 범행에 가까운 혈흔 패턴으로 나온 것이다.

"선생님."

원빈의 목소리가 떨리고 있었다.

"제가 말했잖아요? 의사는 범인이 아니라고."

혈흔 패턴을 바라보는 창하 시선은 확신에 차 있었다.

* * *

채린과 수사 실무진들이 달려왔다. 그 앞에서 혈흔 패턴 실험과 함께 부검 결과를 발표했다.

"이 사건의 범인은 여자에 초범입니다. 신장은 160㎝에서 165㎝ 정도 되는 것으로 파악되고 있습니다."

"남편이 범인이 아니라는 겁니까?"

형사 과장이 물었다.

"그렇습니다."

창하가 잘라 말했다.

"부검 결과와 실험은 신빙성이 있어 보이지만 침입자가 있다는 건 공감이 안 갑니다. 남편 역시 문을 열어둔 기억은 없다고 했습니다."

"외부인이란 문이 열려 있어야만 들어올 수 있는 게 아니지 않습니까?"

"그건 그렇습니다만, 사안이……."

"남편은 술에 취해서 들어왔습니다. 게다가 다른 여자와 관계하고 있으니 비밀번호를 흘렸을 수도 있지요."

"그 말씀은 의사와 사귀는 여자를 지칭하는 것입니까?"

"그걸 밝힐 수 있는 열쇠도 찾아두었습니다."

창하가 서류를 흔들었다.

"여러분도 아시다시피 시신은 자기가 어떻게 죽었는지를 몸에 기록해 둡니다. 이번 부검 역시 마찬가지였으니 시신의 입안에서 이런 게 나왔습니다."

창하가 증거 보관용 비닐을 들어 보였다. 안에는 깨진 이빨 조각이 들어 있었다.

"치아 조각 같은데요?"

샘플을 본 채린이 물었다.

"맞습니다. 시신의 이빨입니다. 그리고 이런 것도……."

이번에는 사진이었다. 시신 입에서 나온 작은 살덩어리…….

"제가 아까 남편의 몸에 교흔이나 떨어져 나간 상처가 있는지 봐달라고 했죠?"

"예."

"사망자의 입안에서 나온 것입니다. 죽기 전에 가해자를 물었습니다. 죽기 살기로 물었는데 상대가 몸부림을 치니 문 사람의 이빨이 부러지고 살점이 입안에 들어온 것입니다. 유전자 분석을 했더니 여자의 것이며 혈액형은 A형, 20대 중후반으로 나왔습니다."

"······!"

채린과 수사진들의 입이 쫙 벌어졌다. 남편이 범인이 아니라는 결정적인 한 방이었다.

"다시 종합하죠. 단서는 성별은 여자에, 나이는 20대 중후반, 신장은 160㎝에서 165㎝ 정도 되며 왼손잡이에 A형이며 범행 도구는 이와 유사한 손전등입니다."

"······."

"마지막으로 사족을 붙이자면 이 집의 비밀번호를 알 수 있는 위치에 있으며 초범으로 생각됩니다. 이상입니다."

창하가 사인 발표를 끝냈다. 너무나 명쾌하니 반문의 여지조차 없는 수사진이었다.

사건은 원점으로 돌아갔다. 남편의 진술을 다시 들었다. 범인으로 대우하던 때와는 청취 분위기가 달랐다. 경청하는 것이다.

"아내도 남자가 있는 눈치였어요."

특히나 이 대목이 그랬다. 처음에는 개무시해 버린 경찰. 이번에는 귀담아들을 수밖에 없었다.

"누구죠?"

"우리 집에서 300미터쯤 떨어진 곳에 있는 카페 주인요."

"여자입니까?"

"아뇨. 남자입니다."

의사가 답했다. 긴장하던 경찰은 김이 빠지는 꼴이 되고 말았다. 하지만 아주 헛발은 아니었다. 범행에 쓰인 손전등을 찾기 위해 대대적인 수색을 벌이던 경찰. 하천변의 물속에서 손전등을 찾아낸 것이다. 분석 결과 카페 주인의 아내 지문이 나왔다. 놀랍게도 거기서 검출된 DNA가 시신의 입에서 나온 것과 일치했다.

더욱 놀라운 건 그 아내의 신상이었다. 왼손잡이에 162cm의 신장이었던 것.

—선생님.

채린의 전화가 득달처럼 걸려왔다.

＊　　　　＊　　　　＊

—선생님, 범인 검거했어요.

수화기에서 흘러나오는 채린의 목소리가 밝았다. 창하와 사건 담당 경찰서에서 만나기로 하고 전화를 끊었다.

"범인 잡았답니까?"

부검실 구석에서 장비 정비를 하던 광배가 물었다.

"그렇다네요."

"호출이군요?"

"제가 궁금해서라도 가봐야겠어요."

"그럼 얼른 가세요. 출장은 제가 달아놓겠습니다."

"그럼 부탁합니다."

광배에게 출장복명을 떠넘기고 차에 올랐다. 남들은 모른다. 이런 적중의 기분. 죽어가던 환자를 살리거나 로또에 당첨되는 기분이 이런 것일지도 몰랐다.

"여기예요."

경찰서에 들어서자 채린이 손을 흔들었다. 옆에는 강력 팀장이 있었다.

"오셨군요."

강력 팀장이 먼저 인사를 해왔다. 괜한 의사에게 수사력을 낭비할 뻔했던 경찰서. 창하가 고마울 수밖에 없었다.

"아, 저기 오네요."

강력팀장이 복도를 가리켰다. 뒷문 쪽에서 여형사 둘과 범인이 오고 있었다.

"제가 심문할 건데 직접 보시겠습니까?"

강력 팀장이 창하에게 물었다.

"방해가 안 된다면 그러고 싶습니다."

"그럼 가시죠."

강력 팀장이 복도를 가리켰다.

범인을 만나는 것. 많은 사람들은 생각한다. 부검의가 범인을 왜 만나냐고. 창하 생각은 달랐다. 범죄에 있어서는 범인의 심리와 상황이 중요하다. 현장만 중요한 게 아니었다.

딸각!

강력 팀장이 들어서자 여자 경찰 둘이 한 발 물러섰다. 팀장은 조사실 의자에 앉고 창하와 채린은 창가에 포진했다.

"옥수빈 씨."

팀장이 조서 작성에 착수했다.

"범행 도구에다 시신의 입에서 나온 당신 살점, 나아가 당신 팔뚝의 그 상처……."

팀장의 시선이 여자의 왼 팔뚝에 꽂혔다. 병원에서 열네 바늘을 꿰맸다고 한다.

"할 말 없죠?"

"……."

"왜 죽였어요?"

"……."

"다 나왔잖아요? 이건 전임 대법원장을 변호사로 사도 빼박이에요. 그러니 서로 편하게 갑시다."

"……."

"아침에 버스 타고 출근하다 보니 정거장에 장르소설 광고가 있더군요. 혹시 두 사람이 연적이었어요?"

"연적……."

웅크리고 있던 여자가 혼자 중얼거렸다.

"너무 잔혹하게 죽여서 그래요. 이웃에 사는 처지니 한두 번은 서로 봤을 거 같은데… 연적 아니면 주차 문제 등으로 다툰 적이라도 있어요?"

팀장이 원하는 건 범행 동기다. 최근에는 동기 없는 잔혹범도 증가 추세다. 하지만 상당수는 역시 범행 동기가 있었다.

"거기가 이창하 검시관인가요?"

고개를 든 여자가 창하를 바라보았다.

"이봐요. 내가 묻는 말에나 대답하세요."

팀장이 주의를 환기 시키고 나섰다.

"내가 범인인 줄 어떻게 알았죠? 초반에는 그 여자 남편 쪽으로 흘러가는 것 같았는데……."

여자의 시선은 여전히 창하 쪽이었다.

"그 팔이죠."

창하가 한 발 앞으로 나섰다.

"이 팔?"

여자가 자신의 왼팔을 바라보았다.

"그 팔의 일부가 죽은 사람의 입안에 있었습니다."

"……."

"그리고 저 손전등……."

"전등?"

"손상의 형태로 보아 살해 도구는 손전등인데 저런 건 남자들이 잘 쓰지 않거든요."

"그랬군요."

"다음으로 혈흔입니다."

"혈흔?"

"흉기로 사람을 치거나 찌르면 핏줄이 터집니다. 그런데 혈흔에도 지문처럼 모양이 있거든요. 당신이 벽을 등지고 공격했을 때, 그냥 공격했을 때와 달리 그 벽에 뿌려진 혈흔의 양이 적었습니다. 그 피는 당신이 뒤집어썼겠죠."

"……."

"한 번 친 손전등으로 또 친 것도 혈흔은 패턴으로 보여줍니다. 당신 역시 그랬고요."

"아……."

"나아가 족적도……."

"족적은 그 여자 남편의 것을 신었었어요."

"알고 있습니다. 그런데 나중에 알고 보니 그 집 남편은 집 안에서 실내화를 거의 신지 않는다더군요."

"그것만으로?"

"남편의 실내화까지 찾아 신을 정도에 현관 비밀번호를 알 정도로 이 집을 잘 아는 사람… 거기에 여자면서 왼손잡이에 160—165㎝의 신장… 그 정도 좁혀놓으면 빠져나갈 수 없죠."

" !"

여자가 입술을 깨물었다.

"이제 제가 당신 이야기를 청해도 될까요?"

"범행 동기?"

"예."

"아까 이 형사분이 말했죠. 연적에 관해서……"

여자가 강력 팀장을 돌아보며 말을 이어나갔다.

"그러나 연적은 아니에요. 연적은 그 여자의 남편과 내 남편의 사이겠죠."

여자의 눈에서 불똥이 튀었다. 창하의 짐작대로 여자의 남편은 의사의 아내와 눈이 맞은 사이였다.

"처음에는 고마운 손님으로만 알았어요. 거의 날마다 와서 비싼 차를 두 잔씩 마시고 갔으니까요."

여자의 설명이 빨라지기 시작했다.

"최근에야 알게 되었어요. 우리 남편이라는 인간과 이 여자가 서로 가랑이를 맞대고 사는 사이라는 걸."

"……"

"그런 주제에……"

여자가 치를 떨었다. 그녀의 기억은 사건 며칠 전으로 돌아가고 있었다. 그날 낮, 여자는 못 볼 꼴을 보았다. 오후에 과일주스용 신선 과일을 사 들고 온 여자. 남편을 찾다가 못 볼 장면을 목격한 것이다. 원두커피 창고였다. 살짝 열린 틈새로 악몽이 새어 나오고 있었다. 남편과 그 여자의 스탠딩 정사였다.

"저기요."

마침 손님이 오면서 현장을 빠져나온 여자. 충격에서 헤어나지 못하고 일찍 집으로 들어갔다. 그게 화근이었다. 침대에 누우니 그 장면이 더 신랄하게 떠올랐다. 남편의 소지품을 뒤지기 시작했다. 작은 메모지에 번호가 보였다. 전화번호는 아니었다.

'혹시?'

여자 집으로 달려가 현관 키를 눌러보았다. 디지털 키가 소리 없이 열렸다.

'엄마.'

여자가 바닥에 주저앉았다. 둘은 이런 사이였던 것이다.

이때부터 여자의 레이더가 광폭 작동을 했다. 남편과 의사 아내의 관계는 우연도 일회성도 아니었다. 커피 배달을 위해 나간 남편은 의사의 집에서 나왔고 커피 마시러 온 의사 아내의 행동은 전 같지 않았다.

'어쩔?'

여자를 바라보는 의사 아내의 시선은 멸시와 우월감으로 가득 차 있었다.

영화에서 보던 장면과 마주친 여자. 어떻게 대처할까 속앓이를 하다가 친구와 만났다.

"얘, 만약에 말이야……."

유사한 이야기를 만들어 조언을 구하지만 친구의 대답은 싱겁기만 했다. 부부가 카페에서 같이 일하는 걸 부러워하는 친구에게 차마 까발리지 못하고 술만 홀짝거렸다. 그러다 귀가가 늦었다. 남편이 나와 있을까 봐 집에서 조금 떨어진 곳에서 내렸다. 하필이면 의사의 집 앞이었다.

'의사?'

원망에 치를 떨 때 의사 부부가 싸우는 소리가 들렸다.

"또 그년 만나고 왔지? 뭐 친구? 개뼈다귀 뜯는 소리 하고 자빠졌네."

"사람, 이렇게 병신 만들 수 있어? 이렇게 비참하게 만들 수 있냐고?"

"너희 둘이 시시덕거리는 건 좋아. 그럼 나는 뭐냐고? 나는?"

의사의 아내가 폭주하고 있었다. 그 말을 듣는 순간 피가 거꾸로 솟구쳤다.

─그러는 너는?
─너도 남의 남편이나 홀리는 주제에.
─아주 춘향이 나셨구나.
─가증스러운 년, 그냥 안 돼.

올라가서 제대로 터뜨릴 생각이었다. 문을 열고 들어서니 실내가 조용했다. 의사는 그새 잠들어 있었다. 실내화를 신고 2층으로 올라갔다. 의사의 아내는 불을 끈 채 여자의 남편과 통화 중이었다.

사랑해.
보고 싶어.

닭살 대화들이 들렸다. 멱살잡이에 머리카락이나 한 줌 정도 뽑아주려던 여자. 피가 역류하며 가방에서 뭔가를 꺼냈다. 커다란 손전등이었다. 이혼한 친구가 남자친구에게 받았지만, 그와 헤어지면서 버리겠다는 걸 얻어 가지고 다니던 거였다.

"자기 와이프는 뭐 한대?"

의사의 아내가 속삭인다.

"외출? 촌닭 주제에 무슨 외출?"

그 말이 끝나기도 전에 의사의 아내는 일격을 받았다. 워낙 순식간이라 비명도 지르지 못했다.

원 샷.

투 샷.

"살려줘."

쓰리 샷, 포 샷…….

여자의 손전등은 미친 듯이 궤적을 그렸다. 여자의 피가 분수처럼 튀어도 가격을 멈추지 않았다.

"뭐야? 잠 안 자고 왜 떠들어?"

한참 후에 술 취한 남편이 어기적거리며 올라왔다. 꽃병을 집어 뒤통수를 후려치자 홍건한 핏물 위로 쓰러졌다.

순식간에 벌어진 참극이었다.

그제야 여자는 정신이 들었다. 일단 손전등부터 챙겨 넣었다. 실내화는 의사 발 옆에 벗어놓고 여자의 것을 신었다. 3자의 족적이 남지 않은 이유였다. 그때 재미난 물건이 눈에 보였다. 골동품 관장기였다. 자신이 사용한 손전등과도 비슷한 그립감이었다. 그걸 핏물 위에 던져놓고 현관을 나왔다.

찬바람이 필요한 그녀, 어둠 속을 걷다가 하천까지 나갔다. 거기서 손전등을 버렸다. 손과 얼굴도 거기서 대충 씻었다.

"잘하는 짓이다. 빨리 씻고 자라."

여자가 귀가하자 잠결의 남편 목소리가 안방에서 흘러나왔다.

"응. 미안."

한마디로 답하고 미친 듯이 샤워를 했다. 피 묻은 옷은 돌돌 말아 소각용 쓰레기봉투에 넣어 내놓았다.

경찰이 추가 수색에 나섰다. 쓰레기봉투는 이미 소각되어 찾지 못했지만 여자의 욕실에서 의사 아내의 혈흔 반응이 나왔다. 아울러 손전등을 버린 하천 인근에서도 죽은 여자의 혈흔을 발견했다.

경찰에게 있어 증거란 다다익선이었다. 체념하는 범인도 정신이 들면, 빠져나갈 구멍을 찾는다. 노련한 변호사들은 그 구멍을 찾아주는 데 일가견이 있었다. 그렇기에 어떤 증거라도 포기하지 못하는 경찰이었다.

"고맙습니다. 이 선생님이 있으니 우리 일선 경찰들이 든든합니다."

조서 작성이 끝난 후에 서장이 인사를 전해왔다.

"별말씀을……"

창하가 답했다.

잠시 채린과 커피 타임을 가졌다.

"두 남편의 반응은 어떻던가요?"

채린에게 물었다. 의사 남편은 혐의를 벗었다. 그러나 사건이 보도되면서 만신창이가 되었다. 구속된 여자의 남편 역시 불륜 행각이 드러난 마당이었다.

"의사는 병원에 입원을 했고 카페 주인은 가게 문을 닫았더라고요."

"비극이군요."

"그러게요. 이런 사건은 범인을 잡고도 찝찝해요."

"범인은 어떻게 될까요?"

"글쎄요, 우발적이긴 하지만 어쨌든 살인이니 한 10년은 살지 않을까 싶네요."

"살인에 복역에… 어떻게 보면 가장 큰 피해자네요. 나머지

세 사람은 바람을 피웠지만 범인은 애꿎게 혼자 스트레스를 받다가……."

"그렇죠? 저도 그 생각했어요. 결국 위너는 의사라고……."

"의사요?"

"카페 주인은 아내도 잃고 애인도 잃었지만 의사는 이혼하고 싶던 아내를 보내고 자유가 되었잖아요."

"그렇군요."

"어쩌면 지금쯤 병원 침대에서 희희낙락하고 있을 걸요."

"그게 아니고 저기 오는데요?"

창하가 경찰서 앞을 가리켰다. 자가용에서 내린 의사가 들어서고 있었다.

"조사가 남았나요?"

창하가 물었다.

"어쨌든 현재 법률상의 남편이잖아요? 아내는 부모가 없고 언니가 한 사람 있는데 아르헨티나에 있어서 오기 어렵다고 하더라고요. 아내의 시신 인도와 몇 가지 서류 작성이 있을 거예요."

의사는 오래지 않아 경찰서에서 나왔다. 자가용으로 걸어가던 그가 누군가의 전화를 받았다. 통화하는 얼굴이 격하게 일그러지는 게 보였다.

"뭐죠?"

채린이 창하를 돌아보는 사이에 의사는 자가용으로 뛰었다.

"누가 사고라도 났나?"

채린이 중얼거렸다. 그 중얼거림은 귀신처럼 들어맞았다. 의사가 서두른 건 불륜녀의 사고 때문이었다. 이제 막 자유의 몸이 된 두 사람, 거하게 파티라도 하려고 준비물을 사러 나왔다가 교통사고를 당한 것이다. 내리막길의 화물차에 치인 여자는 척추가 나가면서 하반신 마비가 되고 말았다고 한다.

죽은 여자와, 감옥에 가게 된 여자의 복수였을까?

"나이쓰."

나중에 이야기를 전해들은 원빈은 고소를 금치 못했다.

"그러게 남의 눈에 피눈물 나게 하면 안 되지."

광배도 심정적으로 동감이다.

창하?

창하도 물론, 그쪽이었다. 케미가 끝내주는 팀이니까.

제13장

—

심장으로 맺은 인연 I

돌아가는 길이었다. 앞쪽 차량이 늘어지기 시작했다.

'사고가 났나?'

고개를 빼보지만 앞쪽 사정은 잘 보이지 않았다. 하지만 소란은 들렸다. 뭔가 응급 상황이 벌어진 게 틀림없었다.

창하가 내렸다. 앞으로 걸어가니 작은 공간에 사람들이 모여 웅성거린다.

"누구 의사 없어요? 좀 도와주세요."

한 여자가 애가 탄다. 도로의 한가운데, 차량의 무리 속에서 섬이 되고 있었다. 도로 가운데라면 교통사고일 가능성이 높았다.

"뭡니까?"

창하가 뛰었다.

"닥터세요?"

사람 벽이 열리자 상황이 보였다. 20대 중반의 여자가 응급 조치를 하고 있었다. 도로 위에 누운 사람은 젊은 남자였다.

'심장마비?'

창하 머리카락이 삐죽 올라갔다. 심실세동에서 심장마비가 오면 시간을 다투어야 한다. 빠른 시간 내에 심폐소생술을 시행하지 못하면 뇌사로 이어진다. 골든타임이 지나면 자칫 창하의 부검대에 올라야 하는 것이다.

"당신, 이창하 선생님?"

여자가 창하를 알아보았다.

"저 삼광병원 간호사예요. 우리 선생님 좀 어떻게 해주세요. 운전하고 가던 길에 돌연 심실세동이 왔어요."

"이분이 의사입니까?"

"네."

"비켜봐요."

긴박하게 간호사와 자리를 바꾸었다. 멀리서 119 구급대의 경적이 들린다. 하지만 도로가 막혔다. 헬기가 오기 전에는 골든타임을 맞추기 어렵다. 그건 여기 쓰러진 사람이 의사가 아니라 대통령이라고 해도 다르지 않았다.

"근처에 제세동기 없나요?"

팔을 걷은 창하가 소리쳤다.

"없나 봐요. 서둘러 주세요!"

여자는 조바심으로 가득했다.

응급조치.

해본 적이 있었다. 아니, 경험이 없다고 해도 시도해야만 하는 상황이었다. 두 손을 깍지 끼고 가슴 중앙에 맞댄 뒤 압박을 시작한다. 복장뼈 한가운데에 상체의 체중을 싣고 반동까지 주었다. 비탄력적인 복장뼈에 탄력을 실어야한다.

세 번, 다섯 번, 열 번……

효과가 나지 않았다. 그사이에 창하는 이미 땀범벅이었다.

띠뽀띠뽀!

오지 못하는 구급차의 경적은 차라리 현기증처럼 느껴졌다. 그사이에도 응급환자의 목숨은 속절없이 저물고 있었다.

"아아, 어떡해, 어떡해. 차 좀 빼줘요. 차 좀요."

밀린 차량 앞에서 절규하는 또 한 사람의 일행이 보인다. 창하의 시선도 그쪽으로 돌았다. 소리는 들리지만 구급차는 보이지 않는다. 대신 눈에 들어오는 건 바다를 이룬 차량의 물결. 불법 주차 때문에 소방차가 진입하지 못한다더니 그 꼴이었다. 구급차가 왔지만 차량에 밀려 무용지물이 된 것이다.

'그렇다면?'

창하 머리에 최후의 방법이 스쳐 갔다. 심실세동 환자를 만

나면 제세동기를 써야 한다. 그게 없다면 손으로 응급조치를
한다. 그래도 안 되는 경우에는······.

"후읍!"

심호흡을 한 창하가 오른손을 들어 올렸다.

"이봐요."

놀란 간호사가 창하를 바라보았다. 창하 손은 누가 뭐라 할
사이도 없이 천둥처럼 내리꽂혔다.

"흐아압!"

뻐억!

창하의 주먹이 응급환자의 복장뼈를 내리찍었다. 그냥 보기
에는 죽일 듯이 난폭한 가격. 그렇기에 몰려든 사람들은 치를
떨 뿐이었다.

"저거 의사 맞아?"

"사람 죽이려는 거야 뭐야?"

그들이 웅성거릴 때였다. 응급환자의 입술이 꿀럭거리더니
거친 숨결을 토해냈다.

"푸웁!"

"살아났다. 환자가 움직여."

사람들이 소리쳤다. 간호사가 달려들어 기도를 확보했다.

"선생님."

조금 전과 달리 존경심이 깃든 눈빛이다. 최후의 선택. 그걸
성공시킨 창하는 그 자리에 주저앉았다. 그냥 후려친 게 아니

었다. 주먹으로 제세동기의 효과를 낸 것이다. 그러나 정확한 계산이 필요한 일이었다. 주먹으로 제세동기를 대신하려면 파워를 조절해야 한다. 제세동기가 흘려보내는 10J의 전류 충격. 페이스메이커의 10배에 달하는 충격을 줘야 하는 것이다.

이 방법은 두 가지가 어렵다. 첫째는 제세동기와 같은 힘을 가해야 하는 것이고 두 번째는 발작 직후에 시도해야 효과가 있다는 것이다. 더는 기다릴 수 없기에 시도한 응용 응급처치. 다행히 제대로 먹혔다.

"김 샘, 구급대가 와요."

도움을 청하던 여자가 소리쳤다. 차량에 막힌 구급대, 그들도 응용을 택했다. 들것을 들고 차량 사이로 달려온 것이다.

"저분이 응급처치로 살려주셨어요. 서둘러 주세요."

간호사가 외쳤다.

"고맙습니다."

인사를 남긴 그녀, 치맛자락을 휘날리며 구급대를 쫓아갔다.

짝짝짝!

남은 사람들이 창하에게 박수를 보내왔다. 가볍게 인사를 하고 차량으로 걸었다. 동맥경화가 뚫리듯 차량이 빠지기 시작했다. 정체가 시원하게 열리듯 응급환자도 시원하게 회복되기를 빌었다.

*　　　　　*　　　　　*

그를 다시 만난 건 이틀 후의 국과수였다. 심장 수술 중에 사망한 부검을 앞둔 시간이었다. 부검실로 향할 때 원빈이 다가왔다.

"선생님, 누가 찾아왔어요."

원빈이 복도 끝을 가리켰다.

'응?'

창하 눈이 커졌다. 낯익은 사람이었다. 그러나 부검에 골똘하다 보니 바로 생각나지 않았다.

"삼동병원 CS 송병모입니다."

"아, 예."

창하가 인사를 받았다. CS라면 Cardiac Surgery의 약자니 심장외과의였다.

"이틀 전에 저를 구해주셨습니다. 우리 간호사가 말해주더군요. 이제야, 이렇게 인사를 드리게 되어 면목이 없습니다."

한 번 더 고개를 숙이는 송병모. 그제야 생각이 났다. 로드 위에서 만난 응급환자, 그 사람이었다.

"몸은요?"

안부부터 체크했다.

"덕분에 목숨은 건졌습니다."

"다행이네요."

"다음 날 바로 찾아뵈었어야 하는 건데……."

"아닙니다. 의사라면 누구나 했어야 할 일입니다. 다만 제가 병리의라서 좀 서툴 수 있었는데 잘 먹혀서 다행입니다."

"예……."

"그 인사 때문에 일부러 오신 건가요?"

"아뇨. 실은 제 와이프 때문에 왔습니다."

"와이프요?"

"조금 전에 도착한 민혜수가 제 와이프입니다. 교통사고 때문에 실시한 심장 수술의 부작용으로 사망한……."

"예?"

창하가 소스라쳤다. 민혜수라면 지금 부검대에 누운 시신이었다. 그런데 이 남자의 와이프?

"선생님, 그럼 혹시?"

"맞습니다. 와이프의 심장… 제가 수술했습니다."

"……!"

"제가 죽였고요."

"……?"

"죄송하지만 또 한 번 신세를 지게 해주십시오."

"무슨 신세를?"

"부검에 입회하고 싶습니다."

송병모가 고개를 들었다. 시야가 텅 빈 시선이었다.

기척이 나서 돌아보니 피경철이 와 있었다. 손에는 핸드폰이 들려 있다. 누군가와 통화를 하는 중인 모양이었다. 눈치를 차렸다. 누구든 송병모의 부검 참여를 피경철에게 부탁한 모양이었다. 창하가 피경철에게 고개를 끄덕해 보였다.

"이유를 물어도 될까요?"

창하가 송병모를 바라보았다.

"못다 한 수술이 있어서요."

송병모의 시선이 바닥으로 떨어졌다. 그럼에도 숨소리는 들리지 않았다. 송병모가 여기 자유롭게 서 있다는 건 의료사고가 아니라는 얘기였다. 달리 말하면 피치 못할 일이 벌어진 것이다. 그도 아니면 가망이 거의 없는 수술이었든지.

그사이에 원빈이 부검 의뢰서를 가져왔다. 보호자 이름에도 송병모가 보였다. 부검은 그가 결정한 모양이었다.

"제 부검복 하나 내드리세요."

창하가 원빈에게 말했다. 그의 입실을 수락한 것이다.

부검대 위에 한 여자가 누워 있다. 한국인이 아니었다. 금발의 외국인은 온몸이 엉망이었다. 그중에서도 흉곽이 심각했다.

사앗!

외표 검사에 이어 절개에 들어갔다. 가슴은 쉽게 열렸다. 수술 중에 사망한 까닭이었다. 이슈는 심장이니 심장부터 체크했다.

"……!"

창하가 숨을 멈췄다. 심근이 겹친 상태였다. 흔한 풍경이 아니지만 바로 상황을 알아차린다. 한국에서 병리의는 그리 각광

받지 못하지만 사실 병리의는, 의사들의 의사로 불리기도 했다.

"변성이 있었나요?"

창하가 물었다.

"예."

"심근을 겹치는 수술법⋯ 새로 나온 바티스타 수술법인가요?"

다시 물었다. 바티스타 수술 장면은 몇 번 참관한 적이 있었다. 그때 보지 못한 기법이었다. 그러나 수술은 완전하지 못했다. 심근을 서로 붙여놓으려는 의도로 보였는데 다 봉합하지 못한 것이다.

"신이 제게 시간을 허락하지 않았습니다."

대답하는 송병모의 목소리가 떨렸다.

"얘기를 들어도 될까요?"

창하가 메스를 멈췄다. 부검실까지 따라 들어온 집도의. 게다가 시신은 그의 아내. 부검보다 사연이 더 궁금했다.

"미국에서 돌아온 이후로 수술실에서 살았습니다. 예약은 끝도 없었고⋯ 아시겠지만 심장 수술이라는 건 시간을 다투는 경우가 많아 미룰 수도 없으니까요."

"미국에서 의학을 전공하셨어요?"

"NYU, 뉴욕대 출신입니다."

"아, 예⋯⋯."

뉴욕대. 그 한 단어에 공감도가 올라갔다. 방성욱이 졸업한 의대로, 미국 내에서는 다섯 손가락 안에 드는 명문이었다.

"거의 일 년 만에 휴가를 냈죠. 아내와 함께 뉴욕에 가기로 했습니다. 아내와 CC거든요. 아내의 친척들도 주로 뉴욕에 있고요."

"……"

"아내는 대형 회계법인에서 근무했는데 너무 좋아했습니다. 하지만 제가 바쁘다 보니 그녀가 미국행 수속을 밟고 이것저것 혼자 선물을 준비해 돌아오다가 교통사고를……"

쾅!

송병모의 머리에 충돌 소리가 들린다. 그러나 그는 몰랐다. 그가 아내를 본 건 응급실이었다. 교통사고로 심장 폐쇄부전에 변성이 일어난 환자가 위중하다는 말을 듣고 수술실 나오기 무섭게 달려갔다. 가슴팍이 일그러진 채 피범벅으로 늘어진 여자는 송병모의 아내였다.

"에이미, 당신이 왜 여기?"

그 한마디를 하는 사이에 송병모의 머릿속은 하얗게 변했다. 사고는 최악이었다. 트럭 사이에 끼는 사고로 핸들이 흉부를 눌러 버린 것이다. 불행히 에어백마저 터지지 않았다. 늑골이 스티로폼처럼 부서지고 심장과 심막 사이에 대량 출혈이 터졌다.

송병모의 넋이 나가니 선배 심장의가 응급수술을 맡았다. 하지만 바로 긴급 콜이 들어오고 말았다.

"송 선생, 미안하지만 바로 와줘야겠네."

콜을 받은 송병모가 수술장으로 뛰었다. 불길한 예상대로였다. 선배는 아내의 변성 부위를 찾지 못하고 있었다.

"이게 보이지를 않아. 심파열까지 있어서 수혈 혈액을 손으로 짜서 밀어 넣어야 감당할 정도야. 봉합도 하는 족족 터져버려서 손을 쓸 수 없고."

선배가 전율했다. 메스를 건네받고 집도를 시작했다. 흉곽 안은 피의 홍수였다. 설상가상으로 출혈까지 잡히지 않는 것이다. 그러나 송병모도 심장의 변성 부위는 찾지 못했다. 대신 우심 후방을 확보해 폐쇄부전을 조치했다.

"심정지야."

분투하는 사이에 비극이 찾아왔다. 그러나 송병모는 멈추지 않았다. 심장이 멈췄다고 죽는 건 아니었다. 뇌가 죽기까지 남은 시간은 2분 30여 초.

"그대로 두세요."

그가 외쳤다. 그러면서도 손은 쉬지 않았다. 심장이 정지되면 봉합 스피드가 빨라질 수 있었다. 셀 세이버의 작동을 확인하고 미친 듯이 손을 놀렸다. 직접봉합법이다. 패치나 접착제 등도 생략해 버린 것이다. 그건 정말이지 손이 보이지 않을 정도로 광속 스피드였다.

그러나 시간은 송병모 편이 아니었다. 어느새 3분 가까이가 지나 버린 것이다.

"헤파린나트륨 부탁해요."

그렇게 외치고 심장 마사지에 돌입했다. 그조차 맨손이었다.

"에이미, 나야. 여기까지 오면 어떡해? 당신까지 돌보려면 비행기 탑승 시간에 늦을지도 몰라. 그러니까 정신 바짝 차려. 이대로 죽으면 안 돼. 안 된다고."

송병모가 울먹거렸다. 넋두리가 아니었다. 희미해지는 아내의 기억을 삶의 이편에 잡아두려는 것이다. 폭풍 사투 끝에 간신히 아내의 심박동을 되찾아놓았다.

"아싸!"

스태프들이 환호했다. 산 하나를 넘은 것이다.

그러나 아직 난제가 남았다. 변성 부위의 세포와 정상세포의 경계를 찾을 수 없었다. 시간이 없는 송병모가 운명에게 속삭였다.

'이 사람은 내 아내야. 한국에 와서 일만 한 사람이라고. 그러니까 딱 한 번만 좀 봐줘. 이 사람만은 살려달라고.'

송병모의 선택은 쿠퍼였다. 변성 부위를 절제하는 게 아니라 절개를 택한 것이다. 관상동맥과 평행했다. 심근다발 방향으로 잘라 상처도 나지 않게 막았다. 이 시도는 일대 모험이었다. 변성 부위를 도려내 확장된 심장 크기를 줄이는 게 아니라 심근을 서로 겹쳐 심장의 크기를 줄이는 방법이었다. 잘하면 절제 없이 심장의 크기를 정상 사이즈로 돌릴 수 있었다. 관상동맥도 완전한 보존이 가능했다.

스태프들은 넋을 놓았다. 최단의 시간 안에 최고의 효과를 기대할 수 있는 수술법. 그건 섬세하고 스피드까지 갖춘 송병모만이 넘볼 수 있는 궁극의 스킬이기도 했다.

그의 시도는 90% 성공이었다. 결국 실패로 끝난 건 아내가 버티지 못한 까닭이었다. 대량 출혈이 치명적이었다.

"……!"

심근을 봉합 중이던 송병모는 그렇게 무너졌다. 아내의 심박동은 다시 돌아오지 않았다.

송병모는 이틀 후에 깨어났다. 경찰서에서 출석 요청이 왔다. 교통사고로 시작된 일이니 경과 조사가 필요했다. 그를 모시던 두 간호사가 차로 데려다 주었다. 경찰서에서 돌아오던 길이었다. 차량이 밀리자 갑자기 심장의 불이 꺼졌다. 창하는 그렇게 만났다.

부검을 요청한 건 아내가 시신 보관실에 들어간 까닭이었다. 이미 사망진단이 내려졌다. 송병모 마음대로 꺼내 부검할 수 없었다.

수많은 심장병 환자를 살린 각광받는 의사.

그러나 자기 아내를 살리지 못한 의사.

처절한 대조에 물든 그의 시선은 아내의 심장에 꽂혀서 떨어지지 않았다. 변성 부위를 잘라 심근을 겹쳐놓았던 심장. 차마 다 꿰매지도 못하고 끝나 버린 아내의 수술…….

"봉합사 드릴까요?"

사인 분석을 끝낸 창하가 물었다.

"아뇨. 제가 가지고 왔습니다. 수술 때 쓰던 것과 같은 걸로……."

그가 답했다.

"마무리까지 부탁합니다."

그를 바라본 창하가 두 어시스트에게 물러나 주라는 눈짓을 보냈다. 송병모는 어깨를 파르르 떨더니 심근의 봉합을 시작했다. 타국에서 숨을 거둔 아내. 덜렁거리는 심장으로 떠나보내고 싶지 않았던 모양이다. 그는 산 사람을 수술하듯 정성껏 아내를 봉합했다. 하다못해 작은 혈관 하나까지도.

한 땀 한 땀…….

"다 됐습니다."

그가 신호를 보냈을 때 아내는 마치 산사람처럼 깨끗해 보였다.

『부검 스페셜리스트』 8권에 계속…

밥도둑
약선요리王

가프 현대 판타지 소설

MODERN FANTASTIC STORY

유치원 편식 교정 요리사로 희망이 절벽인 삶을 살던
3류 출장 요리사.
압사 직전의 일상에 일대 행운이 찾아왔다.

[인류 운명 시스템으로부터 인생 반전 특별 수혜자로 당첨되었습니다.]
[운명 수정의 기회를 드립니다.]
[현자급 세 전생이 이룬 업적에서 권능을 부여합니다.]
-요리 시조의 전생으로부터 서른세 가지 신성수와 필살기 권능을 공유합니다.
-원조 대령숙수의 전생으로부터 식재료 선별과 뼈, 씨 제거법 권능을 공유합니다.
-조선 후기 명의의 전생으로부터 식치와 체질 리딩의 권능을 공유합니다.

동의보감 서른세 가지 신성수를 앞세워
요리의 역사를 다시 쓰는 약선요리왕.
천하진미인가, 천하명약인가? 치명적 클래스의 셰프가 왔다!

실명무사

김문형 新무협 판타지 소설

FANTASTIC ORIENTAL HEROES

**망자가 우글거리는 지하 감옥에서
깨어난 백면서생 무명(無名).**

그런데, 자신의 이름과 과거가 기억나지 않는다?
잃어버린 기억을 되찾기 위해 망자 멸절 계획의 일원이 되는 무명.

**망자 무리는 죽음의 기운을 풍기며
점차 중원을 잠식해 들어가는데……!**

"나는 황궁에 남아서 내가 누구인지 알아낼 것이오."

**중원 천하를 지키기 위한
무명의 싸움이 드디어 시작된다!**

스페셜 원
가장 특별한 감독

스틸펜 장편소설

FUSION FANTASTIC STORY

피치 위의 마스티프. 그라운드의 투견.

"나는 너희들을 이끌고, 성장시켜서, 이겨야 한다."
"너희는 나를 따라오고, 성장해서, 이겨야 한다."

가장 유별나거나, 가장 특별하거나.

Special one.

누구보다 특별한 감독이 될 남자의
전설이 시작된다.

Book Publishing CHUNGEORAM

유행이 아닌 자유추구 -
WWW.chungeoram.com

인생 2회 차,
축구의 신

백 린 현대 판타지 소설

MODERN
FANTASTIC
STORY

인생 2회 차는 축구 선수로 간다!

어린 시절 축구가 아닌 공부를 택했던 회사원 윤민혁.
뒤늦게 자신에게 재능이 있었음을 깨닫고 깊이 후회한다.
어느 날 술에 취해 신의 석상 앞에서
울분을 쏟아내는데……

"자네가 정말 그럴 수 있는지 한번 지켜보겠네."

회사원 윤민혁,
회귀 후 축구 선수 되다!